Über dieses Buch Die drei Freunde Barbicane, Nicholl und Ardan (aus dem Roman › Von der Erde zum Mond‹, Fischer Taschenbuch Bd. 8904) sind mit ihrem Projektil von der Anziehungskraft des Mondes eingefangen worden und kreisen nun als Trabant um den Himmelskörper. Sie haben, wenn sie den Mondschatten durchfliegen, mörderische Kälte auszuhalten, Sauerstoffmangel bedroht sie, ein auf sie zuschießender Meteorit explodiert kurz vor dem Zusammenstoß mit der Kapsel… Doch eine rettende Idee Barbicanes bewahrt sie davor, ewig im Weltraum gefangen zu bleiben. Das Geschoß kehrt mit einer Geschwindigkeit von 16 km in der Sekunde zur Erde zurück und verschwindet unter der Oberfläche des Ozeans…

Jules Verne steht als neuer Mythenmeister und Klassiker am Beginn der modernen Science-fiction-Literatur. Er »hat die weißen Flecke auf der Landkarte der wissenschaftlichen Erdkunde sorgfältig inventarisiert und sie mit fabelhaften Geschichten, die in der Verlängerungslinie bekannter Tatsachen liegen, ausgefüllt« (Michel Butor). Seine Bücher bieten, was man von einer qualifizierten Unterhaltung erwarten kann: dynamische »echte« Helden, rasante Abenteuer, technisch-konkrete Phantasien und einen seltenen Einfallsreichtum in grotesken und komischen Situationen. Er ist in dieser Übersetzung von Lothar Baier auch literarisch neuzuentdecken.

Der Autor Jules Verne wurde 1828 in Nantes geboren. Bereits mit elf Jahren versucht er seine erste Reise und schifft sich auf einem Indienfahrer ein; sein Vater holt ihn gerade noch rechtzeitig zurück. Mit 22 schließt er seine juristische Dissertation ab und hat bereits einige Theaterstücke geschrieben. Es folgen eine Reihe von Operetten und Erzählungen.

1863 bringt der Roman ›Fünf Wochen im Ballon‹ dem 35jährigen triumphalen Erfolg und einen Zwanzigjahresvertrag mit dem Pariser Verleger Hetzel. Verne kann sich das Schiff kaufen, das er sich immer gewünscht hat und auf dem er in den folgenden Jahren ausgedehnte Reisen durch die europäischen Meere unternimmt. Fortan bestimmen das Studium von Material in Zeitschriften und Büchern und Schreiben sein Leben. 1867 fährt er auf einem Kabelleger nach Amerika. Zwanzig Jahre später wird er in Amiens seßhaft, wird 1889 auf einer ultraroten Liste in den Stadtrat gewählt, lernt Esperanto. »Wenn ich nicht arbeite, spüre ich nicht, daß ich lebe«, sagte er und schreibt, 1902 vom grauen Star befallen, noch bis zum 24. März 1905, seinem Todestag.

Jules Verne

Reise um den Mond
Roman

Aus dem Französischen
von Lothar Baier

Fischer
Taschenbuch
Verlag

SONDERAUFLAGE

Veröffentlicht im Fischer Taschenbuch Verlag GmbH,
Frankfurt am Main, Juni 1987

Lizenzausgabe mit freundlicher Genehmigung der
B & N Bücher und Nachrichten (Bärmeier & Nikel)
Verlags-GmbH & Co KG, Frankfurt am Main
Mit Holzstich-Illustrationen der ersten französischen
Gesamtausgabe im Verlag Hetzel, Paris
Titel der französischen Originalausgabe:
›Autour de la lune‹, Paris 1870
Neu übersetzt und eingerichtet von Lothar Baier
Copyright © Verlag Bärmeier & Nikel, Frankfurt am Main 1966
Umschlaggestaltung: Heinz Edelmann
Druck und Bindung: C. H. Beck'sche Buchdruckerei, Nördlingen
Printed in Germany
ISBN-3-596-28905-X

Reise um den Mond

»Schön ist sie nicht«, sagte Ardan, »die bleiche Luna, die Königin der Nacht, die blonde Phöbe, die reizende Astarte, die Tochter des Jupiter und der Latona.«

I

»Fühlt euch wie zu Hause, Kameraden«, sagte Michel Ardan, »ich werde schon für euch sorgen. Zuerst wollen wir's uns in unserem Logis hier mal bequem machen. Wir stecken zwar fast 300 m tief in der Erde, aber deshalb brauchen wir uns doch nicht wie die Maulwürfe zu fühlen.«

Das komprimierte Gas, das sie in der Kapsel mit sich führten, konnte sie sechs Tage und sechs Nächte lang, also insgesamt 144 h, mit Wärme und mit Licht versorgen. Das Projektil war im Innern wie ein komfortabler Salon eingerichtet, mit ledergepolsterten Wänden, runden Sitzbänken und einer gewölbten Decke. Zum Schutz gegen den Stoß beim Abschuß waren alle mitgebrachten Instrumente, Geräte und Waffen an dieser Polsterung befestigt. Ardan überprüfte die Einrichtungen noch einmal und war recht zufrieden damit:

»Es mag wie ein Gefängnis aussehen, aber man kann sicher ganz bequem damit reisen und außerdem sogar aus dem Fenster schauen. Mir genügt's. Ich könnte es hundert Jahre darin aushalten. Was grinst du, Barbicane? Mohammeds Grab, das ziellos durch den Weltraum treibt, ist bestimmt nicht so bequem.«

Nicholls Chronometer zeigte jetzt 22.20. Die Uhren der Mondfahrer stimmten fast auf eine Zehntelsekunde mit dem Chronometer des Ingenieurs Murchison überein.

»10.20 Uhr, Freunde«, sagte Barbicane, »in 27 Minuten wird Murchison den Kontakt schließen, der die Ladung der Columbiade zündet. 27 Erdminuten bleiben uns also noch, bevor wir den Globus verlassen.«

»26½«, verbesserte Nicholl.

»Eine lange Zeit«, sagte Ardan. »Wenn es darauf ankommt, kann man in 26 Minuten die wichtigsten politischen und moralischen Fragen diskutieren, aber ich tröste mich damit, daß nicht nur wir diese 26 Minuten lang warten und unsere Ungeduld bezähmen müssen, sondern auch die 5 Millionen da oben, die uns zuschauen wollen. 5 Millionen mal 26 ergibt garantiert eine größere Menge Ungeduld als 3 mal 26, obwohl man natürlich die Meinung vertreten kann, daß ein paar Sekunden Pascals ... oder Newtons ... oder wessen auch immer, kostbarer sein können als das ganze Leben von einem Haufen Cretins.«

»Lassen wir doch die Metaphysik, bis die Physik ordentlich funktioniert hat«, sagte Barbicane, »dann haben wir Zeit genug; jetzt müssen wir uns auf den Abschuß konzentrieren.«

»Alles klar?«

»Ich denke schon. Höchstens die Sicherungen vor dem Rückstoß ...«

»Wieso das? Ich denke, wir haben diese Wasserpuffer unter uns«, sagte Ardan.

»Ich hoffe es«, antwortete Barbicane sanft.

»So ein Unfug«, rief Ardan, »er hofft es. Und das gesteht er uns in einem Augenblick, wo wir bereits verschnürt und verpackt sind und in 24 Minuten der Schaffner pfeift.«

»20«, sagte Nicholl.

»Schon gut, Michel«, beruhigte ihn Barbicane, »wir müssen uns jetzt überlegen, wie wir verhindern, daß uns beim Start das Blut in den Kopf schießt.«

»Dann bleiben wir doch am besten aufrecht stehen«, schlug Ardan vor. »Allerdings wird uns dann das Blut in die Füße schießen, und unsere Schuhe passen uns nachher nicht mehr.«

»Außerdem werden dir die Beine im Bauch stecken, lieber Freund«, ergänzte Barbicane. »Nein, wir müssen uns hinlegen, um den Stoß auszugleichen. Meinen Sie nicht auch, Nicholl?«

»Doch, doch«, antwortete der Kapitän, »noch 13$^{1}/_{2}$ Minuten übrigens.«

»Dieser Nicholl ist ein Sekundenautomat, aber kein Mensch«, rief Michel Ardan, »ein bißchen Kaltblütigkeit ist ja ganz schön, aber ich möchte wirklich wissen, aus welchem Stoff ihr Amerikaner gemacht seid, daß euer Puls in einer solchen Lage nicht rascher schlägt!«

Nicholl und Barbicane hörten ihn gar nicht. Sie bauten in der Mitte der Bodenscheibe, die in das Projektil eingepaßt war, Polsterunterlagen auf. Darauf wollten sich die Mondfahrer kurz vor dem Abschuß ausstrecken. Je weiter der Minutenzeiger vorrückte, desto nervöser und unruhiger wurde der Franzose. Er ging eifrig in der Kapsel auf und ab, als ob es tausend Wege gäbe, rastlos wie ein Wild im Käfig, ununterbrochen redend und seine beiden Hunde tätschelnd, die er Trabant und Diana getauft hatte.

»Wißt ihr, daß ihr's nicht leicht haben werdet, meine beiden? Ihr müßt den Mondhunden gute Sitten beibringen. Das ist eure zivilisatorische Aufgabe. Macht den Hunden auf der Erde keine Schande! Paart euch! Paart euch auf Teufel komm raus mit den Monddoggen, damit die neue Mischrasse auf der Erde Furore macht, wenn wir zurückkommen!«

»Wenn's dort man Hunde gibt«, spottete Barbicane.

»Aber natürlich gibt es die«, versicherte Ardan. »Da der Mond Atmosphäre hat, hat er auch Wasser. Da der Mond Wasser hat, hat er auch Leben. Da der Mond Leben hat, hat er auch Säugetiere; zu denen zählen die Hunde ja. Mondkälber, Kühe, Pferde, Esel, Hühner, alles werden wir dort finden.«

»In der dünnen Atmosphäre kann doch kein Huhn ordentlich fliegen«, sagte Nicholl.

»Und ich wette, daß wir dort Hühner vorfinden werden«, rief Michel Ardan.

»100 Dollar, daß wir keine finden!«

»Angenommen, Käptn«, erwiderte Ardan und schlug ein.

»Das wird die sechste Wette sein, die Sie verlieren: 1. kam genug Geld zusammen, 2. gelang der Guß der Kanone und 3. ist die Columbiade ohne Zwischenfall geladen worden — macht zusammen 6000 Dollar.«

»Noch haben wir 10 min 16 sec vor uns«, sagte Nicholl, »und in dieser Zeit kann sich manches ändern.«

»Nur so weiter, immer nur so weiter, Nicholl«, spottete Ardan. »Von den nächsten neun Minuten ist jede 1000 Dollar wert; und zwar für Barbicane. 4000 werden Sie ihm danach zahlen müssen, weil die Columbiade nicht explodiert und 5000, Ihr höchstes Gebot, weil unser Projektil durchaus nicht nach 15 km stehen bleiben wird.«

»Keine Sorge, es ist alles da«, antwortete Nicholl und klopfte auf seine Tasche. »Außerdem habe ich beim jetzigen Stand der Dinge gewisses Interesse daran, zu zahlen.«

»Was! Sie haben das Geld dabei?« rief Michel Ardan er-
staunt. »Das nenne ich korrekt. Ich hätte sowas glatt vergessen. Aber insgesamt sind Sie doch in einer traurigen
Lage.«

»Und wieso?«

»Nun, wenn Sie verlieren, werden Sie Ihr Geld los. Wenn
Sie aber gewinnen und die Columbiade krepiert, dann haben Sie nicht viel von Ihrem Sieg und dem Geld, das Barbicane Ihnen zahlen muß.«

»Ich dachte auch bereits daran«, sagte Barbicane, »deshalb
habe ich meinen Einsatz mit den entsprechenden Anweisungen bei der Bank von Baltimore eingezahlt. Wenn Nicholl
gewinnt, wird das Geld an seine Erben überwiesen.«

»Ach wie praktisch!« rief Ardan. »Wie positiv, wie amerikanisch. Je weniger ich euch begreife, desto mehr muß ich
euch bewundern.«

»10.42 Uhr«, sagte Nicholl.

»Dann haben wir ja noch mehr als fünf Minuten Zeit«,
meinte Barbicane.

»Fünf kleine Minütchen«, sagte Ardan kleinlaut. »Ich ge-
stehe, daß ich nichts dagegen hätte, wenn es doch noch etwas
länger dauern würde. Wir hocken hier eingeschlossen in
einer 270 m langen Kanone, unter unseren Füßen liegen
400 000 Pfund Schießbaumwolle mit der Wirkkraft von
1,6 Millionen Pfund in gewöhnlichem Pulver! Wenn ich
die Augen schließe, dann sehe ich schon dauernd Murchisons
Finger, wie er genüßlich über den elektrischen Schalter strei-
chelt. Ich höre, wie Murchison die Sekunden zählt, die er
noch warten muß, bis er die gigantische Exkursion mit uns
durchführen kann...«

»Michel, jetzt reicht's«, sagte Barbicane. »Außerdem müssen wir uns nun wirklich fertig machen. Es bleiben nur noch
wenige Augenblicke Zeit. Handschlag, Freunde!«

»Ja, ja«, rief Ardan, »einen Händedruck, den sollten wir
nicht vergessen!« Er war stärker gerührt, als er zugeben
wollte. Die drei Freunde umarmten sich.

»Gott behüte uns«, hörte man Barbicane kaum merklich
flüstern. Sie streckten sich auf den Polstern aus. Ardan schloß
die Augen. Dann öffnete er sie wieder, schloß sie, biß die Zähne zusammen und konnte den Augenblick kaum erwarten.

»10.47 Uhr«, murmelte Kapitän Nicholl, »noch 20 Sekunden!«

Barbicane löschte mit einem Handgriff die Beleuchtung in der Kabine. Nur das Ticken der Armbanduhren war noch zu hören. Dann erfolgte ein entsetzlicher Stoß, und 6 Milliarden Liter Gas schleuderten das Projektil in den Weltraum.

2

Was war geschehen? Wie hatte sich die ungeheure Erschütterung ausgewirkt? Hatten die Lederkissen, Sprungfedern, Zwischenböden und Wasserkissen den Stoß gemildert? Waren die Mondfahrer durch die Beschleunigung auf 11 000 Meter in der Sekunde zerquetscht worden? War das Geschoß nur noch ein metallener Sarg, der drei Leichen in den Weltraum trug? Die gleichen Fragen wie der Leser stellten sich die Augenzeugen des Abschusses, nachdem sie wieder klar denken konnten.

In der Geschoßkabine war es völlig dunkel. Die zylindrisch-konischen Wände hatten ihre Form behalten und zeigten weder Risse noch sonst irgendwelche Beschädigungen. Auch die ungeheure Verbrennungshitze der Schießbaumwolle hatte das Projektil ausgehalten, obwohl viele befürchteten, es würde beim Abschuß zu einem Aluminiumregen zerschmelzen. Sogar die Ordnung in der Kabine war nicht wesentlich gestört. Die Befestigungsriemen hatten gehalten, die wichtigsten Instrumente schienen nach dem Stoß noch unbeschädigt. Die Bodenscheibe hatte ganz planmäßig die Bodenschotten zerstört und die Wasserkissen durch die Steigleitung hinausgedrückt.

Bereits wenige Minuten nach dem Abschuß begann sich einer zu räkeln, bewegte die Arme, hob den Kopf und reckte sich kniend empor. Es war der Franzose. Erst betastete er sich, dann rief er laut:

»Hallo! Michel Ardan lebt noch. Was ist mit euch beiden?«

Der Franzose wollte aufstehen, sackte aber gleich wieder

zusammen. Der Blutandrang im Kopf machte ihn blind. Er fühlte sich wie betrunken.

»Pfui Deibel«, sagte er, »das wirkt wie zwei Liter Cortona, nur, daß der sich angenehmer trinkt.«

Er massierte sich Stirn und Schläfen mit der Hand und rief nach Nicholl und Barbicane. Er wartete ängstlich, niemand antwortete. Kein Atemzug war zu hören. Er rief nochmals, rief lauter. Wieder Stille.

»Verflucht nochmal. Man könnte glauben, die sind vom fünften Stock auf den Schädel gefallen! Wenn ich als graziler Franzose schon wieder bis auf die Knie komme, müßten zwei Amerikaner doch längst auf den Beinen sein!«

Er fühlte jetzt, wie seine Lebensgeister wieder erwachten und die Körperfunktionen sich normalisierten. Das Blut beruhigte sich, und der Kreislauf funktionierte wieder ohne Störungen. Nach wiederholten Anstrengungen schaffte er es, im Gleichgewicht zu bleiben und aufzustehen. Er riß ein Streichholz an, drehte den Gashahn auf und machte Licht. Der Gasbehälter hatte dicht gehalten: die Kabine wäre sonst in diesem Augenblick explodiert.

Im Schein der Gaslampe sah Ardan die beiden Körper seiner Kameraden übereinander liegen, Nicholl oben, Barbicane darunter. Ardan zog den Kapitän hoch, stützte ihn gegen eine Polsterbank und massierte ihn kräftig. Die fachmännische Knetmassage brachte Nicholl zu Bewußtsein. Er schlug die Augen auf, faßte sich sofort und ergriff Ardans Hand. Seine erste Frage war:

»Und Barbicane?«

»Den nehmen wir zu zweit in die Mangel«, sagte Ardan. »Ich habe mit Ihnen angefangen, weil Sie oben lagen.«

Sie betteten den Präsidenten auf die Polsterbank. Barbicane hatte den Abschuß nicht ganz unverletzt überstanden; die Freunde fanden Blut, waren aber beruhigt, als Nicholl nur eine leichte Schulterwunde entdeckte, die er sorgfältig zusammendrückte und mit einem Pflaster verklebte. Obwohl ihn die beiden unablässig massierten, dauerte es einige Zeit, bis er zu sich kam.

Als er kräftiger zu atmen begann und schließlich die Augen öffnete, setzte er sich mit einem Ruck auf und fragte:

»Nicholl, fliegen wir?«

»Barbicane muß beim Abschuß verletzt worden sein, er blutet an der Schulter! Helfen Sie mir, ihn auf die Bank zu legen.«

Nicholl und Ardan sahen sich verblüfft an. Bis jetzt waren sie so mit sich selbst beschäftigt gewesen, daß sich keiner darum gekümmert hatte.

»Ja, tatsächlich, ich spüre nichts vom Fliegen«, sagte Ardan.

»Vielleicht liegen wir noch auf dem Boden von Florida?« fragte Nicholl.

»Oder am Grund des Golfs von Mexiko?«

Diese Bemerkungen genügten, um Barbicane völlig wachzubekommen. Es war unmöglich, über die Position des Projektils irgendwelche Angaben zu machen, denn es schien sich nicht zu bewegen. Entweder war es auf dem Flug in den Raum, oder es war nach kurzem Aufstieg wieder auf die Erde zurückgefallen; vielleicht auch tatsächlich in den Golf von Mexiko, denn Florida ist ja nicht sehr breit.

Diese Frage fesselte Barbicane so sehr, daß er seine Schwäche überwand und aufstand. Er horchte an den Wänden, aber draußen herrschte tiefe Stille. Das mußte noch nichts bedeuten, denn die dichte Wandung schluckte alle Geräusche. Da bemerkte er etwas anderes: die Temperatur in der Kabine war außergewöhnlich hoch. Sein Taschenthermometer zeigte 45° C.

»Ja«, rief er, »wir sind tatsächlich unterwegs! Diese Hitze kann nur durch die Luftreibung an unserem Projektil entstanden sein. Keine Angst, Freunde, sie hält nicht mehr lange an, weil wir bereits den luftleeren Raum erreicht haben. Da ist es so kalt, daß wir jämmerlich mit den Zähnen klappern werden, wenn unsere Heizung nicht funktioniert.«

»Wir sind also schon durch die Atmosphäre hindurch?« fragte Ardan.

»Zweifellos. Paßt auf: jetzt ist es 10.55 Uhr. Seit 8 min sind wir unterwegs. Wenn die Luftreibung unsere Anfangsgeschwindigkeit nicht gebremst hätte, wären wir schon nach 6 sec über die 64 km dicke Luftschicht hinausgekommen.«

»Und wie stark hat die Reibung unsere Geschwindigkeit nach Ihrer Ansicht gemindert?«

»Um ein Drittel, Nicholl«, antwortete Barbicane. »Das ist viel, aber es stimmt nach meiner Rechnung. Hätten wir die

Kanone mit einer Geschwindigkeit von 11 000 m pro Sekunde verlassen, so wäre unsere Geschwindigkeit an der oberen Grenze der Stratosphäre 7333 m pro Sekunde gewesen. Aber diese Zone liegt ja schon lange hinter uns . . .«

». . . und unser Freund Nicholl hat seine beiden Wetten verloren; 4000 — die Columbiade ist noch ganz; 5000 — wir sind weiter als 15 km geflogen. Also, Nicholl, gehen Sie an Ihre Verbindlichkeiten.«

»Alles zu seiner Zeit. Wenn Barbicanes Berechnungen stimmen, sind meine 9000 Dollar verloren. Ich habe aber den Verdacht, daß es noch nicht soweit ist. Es kann ja doch sein, daß die Zündung versagt hat, und wir überhaupt gar nicht erst abgefahren sind!«

»Das würde Ihnen so passen!« rief Ardan. »Woher denn dann dieser fürchterliche Ruck? Hab ich Sie wieder zu Bewußtsein gebracht oder nicht? Ist das da Blut an der Schulter von Barbicane oder ist es Tomatensaft?«

»Bon, d'accord, Ardan. Nur die eine Frage: Haben Sie etwas von einem Knall gehört?«

»Tatsächlich: nein«, antwortete Ardan betroffen.

»Und Sie, Barbicane?«

»Ich auch nicht.«

»Nun?« fragte Nicholl.

»Ja, verdammt nochmal«, murmelte der Präsident. »Wir haben keinen Knall gehört.«

Die drei Freunde sahen sich ratlos und verlegen an. Wenn das Projektil abgeschossen worden war, mußte es auch geknallt haben. Das stand fest.

»Wir können ja mal nachschauen, wo wir sind«, sagte der Präsident. »Lukendeckel abnehmen.«

Die Luken waren von außen mit Platten und Bolzen verschlossen, die von innen von Schraubenmuttern gehalten wurden. Mit einem Engländer schraubte Nicholl die Muttern ab, stieß die Bolzen hinaus und verstopfte die Bolzenlöcher mit Schließklappen aus Hartgummi. Der Außendeckel fiel nun wie vor dem Bullauge eines Kriegsschiffes herab, und das Linsenglas kam zum Vorschein.

Barbicane stürzte mit seinen Kameraden sofort an die geöffnete Luke. Es war kein Lichtstrahl zu sehen. Tiefe Nacht umgab das Projektil. Doch Barbicane rief triumphierend:

»Freunde, wir sind weder auf die Erde zurückgefallen noch im Golf von Mexiko versunken! Wir fahren aufwärts in den Weltraum! Seht nur die Sterne und das undurchdringliche Dunkel zwischen uns und der Erde!« Ardan und Nicholl schrien laut vor Freude, denn die Dunkelheit bewies tatsächlich, daß die Mondfahrer den Erdball verlassen hatten. Wären sie noch im Bereich der Erde gewesen, hätten sie die vom Mond beschienene Oberfläche sehen müssen. Die Finsternis bewies zudem, daß sie auch die Atmosphäre verlassen hatten, denn das zerstreute Licht in der Luftschicht hätte auf die Aluminiumwände und das Lukenglas zurückstrahlen müssen.

»Ich habe endgültig verloren«, sagte Nicholl.

»Sie gestatten, daß ich mich herzlich darüber freue«, lachte Ardan.

»Also hier: 9000 Dollar«, sagte der Kapitän und zog ein Bündel Banknoten aus der Tasche.

»Soll ich quittieren?« fragte Barbicane.

»Wenn Sie so freundlich sein wollen«, antwortete Nicholl. »Nur eine kleine Formalität, aber um der Korrektheit willen ...«

Ernst, wie ein Kassenbeamter phlegmatisch und dabei präzise, zog Barbicane sein Notizbuch aus der Tasche, riß ein Blatt heraus und quittierte mit Datum und Unterschrift. Der Kapitän verwahrte das Blatt sorgfältig in seiner Brieftasche.

Ardan zog die Mütze ab und verbeugte sich wortlos. Vor soviel Korrektheit unter diesen Umständen verlor er die Sprache. Noch niemals war ihm etwas so amerikanisch vorgekommen.

Nach dem Geschäftsabschluß stellten sich Nicholl und Barbicane wieder an die Luke. Vor dem dunklen Hintergrund des Himmels hoben sich die Sterne deutlich ab. Nur den Mond konnte man von dieser Seite nicht beobachten, weil er von Osten nach Westen allmählich zum Zenit aufstieg.

»Wenn wir den Mond sehen wollen, müssen wir an die andere Luke gehen«, sagte Barbicane. »Da ist unsere zukünftige Wohnkugel auf Posten.«

Aber gerade als Barbicane die geöffnete Luke verlassen wollte, wurde seine Aufmerksamkeit durch einen glänzenden Gegenstand angezogen, der rasch näher kam: eine enorme Scheibe, deren Ausmaß sich nicht schätzen ließ. Sie erschien wie ein kleiner Mond, denn die der Erde zugekehrte Seite leuchtete hell auf. Der kleine Körper bewegte sich erstaunlich schnell auf seiner Bahn um die Erde, die den Kurs des Projektils kreuzte. Wie alle Himmelskörper rotierte auch er um die eigene Achse.

»Was ist denn das?« rief der Franzose. »Noch ein Geschoß?«

Barbicane schwieg. Er war beunruhigt und überrascht. Falls es zu einer Kollision kam, konnte das Projektil von seinem Kurs abgedrängt oder zur Erde zurückgeschleudert werden, oder der Himmelskörper riß es in sein Schwerefeld und zog es mit sich fort.

Barbicane begriff sofort, welche Folgen das haben könnte. Seine Kameraden schauten stumm in den Raum hinaus. Beim Näherkommen vergrößerte sich der Körper ungeheuer und durch eine optische Täuschung entstand der Eindruck, er flöge geradewegs dem Projektil entgegen.

»Mon Dieu«, rief Ardan, »gleich kracht's.«

Die Mondfahrer sprangen instinktiv zurück. Aber ihre Erstarrung löste sich schon nach wenigen Sekunden: der Körper zischte ein paar hundert Meter entfernt am Projektil vorbei und verschwand im nachtschwarzen Raum.

»Bon voyage«, rief ihm Ardan erleichtert nach, »da läßt man sich in den unendlichen Weltraum schießen und kann nicht einmal dort sorglos spazierenfahren! Was für eine Kugel war denn das, die uns da um ein Haar gerammt hätte?«

»Das kann ich dir sagen«, antwortete Barbicane. »Der kleine Mond.«

»Wieso Mond? Da wollen wir doch erst hin!« sagte Ardan verdutzt.

»Also schön: es war ein hundsgewöhnlicher, aber ganz schön großer Bolid, der, ebenso wie der Mond, als Trabant um die Erde kreist.«

»Ich hör' wohl nicht richtig«, sagte Ardan. »Die Erde soll zwei Monde haben?«

»Ja«, sagte Barbicane, »aber dieser zweite Mond ist so klein und kreist so schnell, daß man ihn von der Erde aus nicht wahrnehmen kann. Dem französischen Astronomen Petit

Nach dem vortrefflichen Frühstück kredenzte Ardan einen erlesenen Wein, und während die drei tranken, berauschte sich die Hündin am Anblick des Weltalls durch die Bodenluke.

waren allerdings gewisse Bahnabweichungen aufgefallen, aus denen er auf die Existenz dieses Trabanten schloß und ihn auch berechnete. Nach seinen Berechnungen dauert der Umlauf des Boliden nur 3 h 20 min. Stellt euch diese Geschwindigkeit mal vor!«

»Und was sagt die übrige astronomische Wissenschaft dazu?« fragte Nicholl.

»Man zweifelt. Die Astronomen hätten das Ding gern mit eigenen Augen gesehen, bevor sie daran glauben wollen. Wir verdanken dem Boliden zumindest, daß wir unsere Position genau bestimmen können. Petit hat seine Entfernung von der Erde mit 8140 km angegeben. Soweit waren wir im Moment der Begegnung also von zu Hause entfernt.«

»Es stimmt«, antwortete Nicholl. »Jetzt ist es 23 Uhr. Vor 13 min haben wir Amerika verlassen.«

»Schön und gut«, antwortete Barbicane, »aber eine Frage ist noch immer ungelöst: weshalb haben wir den Knall beim Abschuß der Columbiade nicht gehört?«

Keiner wußte Antwort. Das Gespräch verstummte, und Barbicane machte sich schließlich verlegen daran, die andere Seitenluke zu öffnen. Sie hatten das Gaslicht gelöscht, da es bei der Beobachtung nur gestört hätte und das einfallende Mondlicht die Kabine genügend erleuchtete. In unvergleichlicher Reinheit strahlte der Trabant. Seine Strahlen waren jetzt nicht mehr durch den Dunst der Erdatmosphäre gedämpft und leuchteten die Kabine hell aus. Obwohl sich seine Leuchtkraft stark von dem dunklen Firmament abhob, überstrahlte sie den Glanz der Sterne nicht.

Die Mondfahrer mußten sich an diesen ungewöhnlichen Anblick des Himmels erst gewöhnen. Ihr Interesse galt freilich vor allem ihrem Reiseziel, dem Mond. Der Erdtrabant rückte auf seiner Bahn dem Zenit immer näher, jenem mathematisch errechenbaren Punkt, den er in 96 h erreicht haben mußte. Die Mondoberfläche mit Gebirgen und Ebenen ließ sich zwar bis jetzt noch nicht klarer als von der Erde aus erkennen, aber das Licht strahlte weit intensiver: die Mondscheibe glänzte wie ein Spiegel aus Platin. Kaum konnten sich die Mondfahrer erinnern, wie die Erde aussah, die unter ihren Füßen entschwand.

Barbicane fing an, die Bodenluke frei zu machen, durch die
man die Erde sehen mußte. Nur mit Mühe gelang es ihm,
die Scheibe herauszunehmen, die beim Abschuß nach dem
Trägheitsgesetz an den Boden gepreßt worden war. Ihre
Einzelteile stellte er sorgfältig an die Wand, um sie später
wieder benutzen zu können. Am Boden wurde nun eine
runde Öffnung von 50 cm Durchmesser frei, die mit einem
15 cm starken, kupferbeschlagenen Linsenglas verschlossen
war. Wie zuvor an den Seitenluken, löste Barbicane die Verschlußbolzen, so daß der Außendeckel zurückklappte und
die Sicht nach unten freigab.
Ardan beugte sich gespannt über das Bodenfenster. Aber
nach einer Weile rief er enttäuscht:
»Die Erde ist nicht mehr da.«
»Wie bitte?« sagte Barbicane. »Dort, die silberne Sichel,
das ist sie doch. Wenn wir in vier Tagen auf dem Mond
ankommen, ist Neulicht, so daß wir die Erde nur noch als
dünne Sichel sehen. Anschließend ist sie ein paar Tage lang
überhaupt verschwunden.«
»Dieser Mond da soll die Erde sein!« sagte Ardan immer
wieder und konnte es sich nicht vorstellen.
Aber Barbicane hatte mit seiner Erklärung recht. Vom Projektil aus gesehen, trat die Erde in ihre letzte, die Achtel-
Phase, die vor dem dunklen Hintergrund eine feine Sichel zog.
Dieser Schimmer, von der Erdatmosphäre bläulich gefärbt,
war fahler als das Mondlicht; die Erdsichel erschien wie ein
riesiger am Himmel gespannter Bogen, an dessen Innenseite
vor allem Gebirge als helle Punkte zu erkennen waren. Die
ganze Oberfläche der Erde war schwierig auszumachen, da
das Licht, welches sie vom Mond erhält, weit schwächer ist
als das, welches sie selber auf ihn wirft: entsprechend dem
Größenunterschied etwa 13mal schwächer. Deshalb erschien
sie den Raumfahrern jetzt nur so undeutlich.
Zur gleichen Zeit sahen die drei Freunde Hunderte von
Boliden, die beim Eintauchen in die Erdatmosphäre auf-
glühten und Lichtstreifen in das Dunkel zogen. Die Erde
war damals in sonnennaher Position, und im Dezember
häufen sich die Sternschnuppenschwärme; Astronomen haben schon bis zu 24 000 die Stunde registriert. Alle diese
Beobachtungen gaben ihnen ein merkwürdiges Gefühl. Zum

erstenmal hatten sie den verschwindenden Erdball als untergeordneten Stern im Sonnensystem sehen gelernt, der für die großen Planeten nur ein auf- oder untergehender Morgen- oder Abendstern ist. Es schien schwer vorstellbar, daß sie alles zurückgelassen hatten, was ihnen lieb und teuer war. Sie sprachen lange kein Wort miteinander.

Währenddessen entfernte sich das Projektil mit konstant abnehmender Geschwindigkeit. Bald wurden die drei schläfrig. Ihre Nerven waren überreizt. Kaum hatten sie sich auf ihren Lederpolstern niedergelassen, waren sie auch schon eingeschlafen.

Keine Viertelstunde später aber richtete Barbicane sich auf und rief mit durchdringender Stimme:

»Ich hab's!«

»Was hast du?« fragte Ardan und sprang erschreckt von seiner Schlafbank auf.

Auch Nicholl war erwacht.

»Ich weiß, warum wir den Knall beim Abschuß der Columbiade nicht gehört haben.«

»Und warum?« fragte Nicholl.

»Weil unser Projektil schneller flog als der Schall.«

3

Nach Barbicanes merkwürdiger, aber sicher richtiger Erklärung fielen die drei Freunde wieder in tiefen Schlaf, der von außen durch nichts gestört werden konnte. Auf der Erdoberfläche spüren die Häuser auch die kleinsten Erschütterungen. Auf dem Meer setzt sich jede Woge in den Schiffsbewegungen fort, und der Ballon in der Luft wird von Luftströmungen hin und her gerissen. Nur dieses Projektil im leeren Raum bot seinen Insassen absolute Ruhe. So hätten die mutigen Mondfahrer vielleicht endlos geschlafen, wären sie nicht 8 h nach dem Abschuß durch ein unerwartetes Geräusch geweckt worden.

»Die Hunde, die Hunde!« rief Michel Ardan und sprang auf.

»Sie werden Hunger haben«, murmelte Nicholl.

Man suchte und fand das eine Tier verstört unter der Sitzbank kauernd, betäubt von dem Stoß. Es war Diana. Auf Ardans Zuspruch kroch sie aus dem Winkel hervor. »Komm, Diana«, sagte er zärtlich, »dein Schicksal wird in die Annalen der Hundezüchtung eingehen. Die Heiden hätten dich dem Gott Anubis und die Christen dem heiligen Rochus zur Freundin gegeben. Aber die Leistung sämtlicher Bernhardiner verblaßt vor dem, was du vollbracht hast, Stamm-Mutter der Selenitenhunde. Auch für dort oben wird Toussenels Ausspruch gelten: ›Im Anfang schuf Gott den Menschen, und da er ihn so schwach sah, gab er ihnen zum Gefährten den Hund.‹ Komm her, mein Tier!«

»Eva ist da«, sagte Barbicane, »aber wo steckt Adam?«

»Weit kann er auch nicht sein.«

Trabant erschien aber nicht. Endlich fand man ihn in einer Verstrebung des Projektils, wohin er beim Start geschleudert worden war. Der Anprall hatte ihm den Schädel zerschlagen; erst als er auf ein weiches Kissen gebettet lag, gab er einen kläglichen Ton von sich. Michel Ardan kümmerte sich liebevoll um ihn und gab ihm zu trinken.

Bald beobachteten die Mondfahrer wieder Erde und Mond. Immer noch erschien ihnen die Erde im Vergleich zum Mond riesengroß. Ihre Beleuchtung war düsterer und ihre Sichel schmaler geworden.

»Mir tut es eigentlich leid, daß wir nicht abflogen, als die Erde in Opposition zur Sonne stand«, sagte Ardan, »Meere und Kontinente wären uns in ganz neuer Beleuchtung erschienen. Vor allem hätte ich gern die Pole sehen mögen, die noch kein Mensch erblickt hat.«

»Dann hätte Neumond sein müssen«, antwortete Barbicane. »Die Erde wäre zwar voll beleuchtet, der Mond aber in der Umstrahlung von der Sonne unsichtbar gewesen. Ich denke, es ist besser, das Ziel deutlich zu sehen als den Startplatz.«

»Sie haben recht, Barbicane«, lenkte Nicholl ein. »Außerdem werden uns die Mondnächte genügend Zeit zur Beobachtung dieser Kugel da unten lassen, auf der es von unseresgleichen nur so wimmelt.«

»Was höre ich da: unseresgleichen?« ereiferte sich der Franzose. »Wer gleicht uns noch? Wir sind der neue Menschenschlag der Astronauten. Und auch das nur bis zu dem Tag, an dem wir Seleniten werden.«

»Also in 88 h«, sagte der Kapitän.

»Oh, es ist jetzt 8.30 Uhr!« rief Ardan. »Grund genug zum Frühstück.«

Er leckte sich die Lippen; als Franzose war er selbstverständlich Küchenchef.

Das Frühstück begann mit exquisiter Bouillon aus Liebigs Fleischextrakt, der aus bestem argentinischem Rindfleisch hergestellt wird. Danach wurde hydraulisch komprimiertes Beefsteak gereicht. Zart und saftig wie im Café Anglais in Paris. Auf das Fleisch folgte konserviertes Gemüse, und zum Abschluß gab es Tee nach Blättern erster Wahl, die der russische Zar den Mondfahrern dediziert hatte.

Im Vorratsfach fand Ardan »zufällig« eine Flasche *Nuits;* man leerte sie zur Einweihung der Reisestrecke Erde–Mond. Und als sie so die Gläser schwangen, schien auch plötzlich die Sonne, welche dieses köstliche Produkt aus den Weinbergen der Bourgogne hatte reifen lassen, ins Innere des Projektils. Die Mondfahrer waren aus dem Schattenkegel, den der Erdball wirft, heraus.

»Reicht denn der Schattenkegel der Erde nicht weit über den Mond hinaus?« fragte Ardan.

»Sicherlich, wenn man die Brechung in der Atmosphäre nicht einkalkuliert«, antwortete Barbicane. »Wenn der Mond ganz in diesen Schatten getaucht ist, liegen Sonne, Erde und Mond auf einer Linie. Wären wir bei Mondfinsternis abgefahren, so würde die Fahrt völlig im Dunkeln verlaufen. So aber scheint die Sonne auf unser Projektil und ersetzt Heizung und Beleuchtung.«

Die Kabine war tatsächlich nicht nur hell, sondern auch wärmer geworden, als sei der Winter plötzlich in Hochsommer übergegangen. Von oben strahlte der Mond und von unten die Sonne.

»Hätten wir einen Blumentopf voll Erde hier, dann könnten wir in 24 h schon Erbsen ziehen«, rief Ardan. »Aber mal im Ernst: werden die Wände unserer Kapsel nicht schmelzen?«

»Nur ruhig Blut«, antwortete Barbicane. »In der Atmosphäre hatten wir noch ganz andere Temperaturen auszuhalten. Ich würde mich nicht wundern, wenn unser Projektil den Zuschauern da unten wie ein feuriger Meteor erschienen ist.«
»Dann ist Maston jetzt überzeugt, wir seien gebraten.«
»Mich wundert es ohnehin, daß wir noch nicht gesotten
sind«, antwortete Barbicane. »Soviel Reibungshitze hatten
wir nicht vorausgesehen.«
»Ich hab' sowas geahnt . . .«, sagte Nicholl.
»Und nichts gesagt. Wie edel!«
Ardan drückte ihm die Hand.
Barbicane richtete unterdessen die Kabine ein, als sollten sie
für alle Zeiten darin wohnen. Wir erinnern uns, daß der
Fußboden eine Fläche von 5,7 m² bedeckte, und die Kabine
3,6 m hoch war. Wurde der Raum geschickt ausgenutzt,
blieb den drei Insassen genügend Bewegungsfreiheit. Das
dicke Bodenfenster war so stabil, daß Barbicane und seine
Kameraden ohne Bedenken darauf gehen konnten. Die
Sonne, deren Strahlen durch die Linse in die Kabine dran-
gen, erzeugte bizarre Lichteffekte.
Die Wasser- und Lebensmittelbehälter hatten unter dem
Stoß nicht gelitten. Sie waren hinreichend abgesichert. Bar-
bicane hatte für den Fall, daß man in einem unfruchtbaren
Mondgebiet landen würde, Lebensmittel für ein ganzes
Jahr mitgenommen. Wasser und Branntwein reichten für
zwei Monate. Nach den neuesten astronomischen Forschun-
gen war die Mondatmosphäre niedrig, aber zumindest in
den Tälern dicht genug, daß man mit Sicherheit auf Quel-
len und Bäche rechnen konnte.
Auch für den Luftvorrat im Projektil war gut gesorgt. Der
Sauerstoffapparat von Reiset und Regnault konnte zwei
Monate lang mit chlorsaurem Kali arbeiten. Auch die Gas-
menge, womit der Apparat geheizt wurde, hatte man einkalkuliert. Er arbeitete automatisch und brauchte keine
Wartung; bei diesen hohen Temperaturen gab das chlor-
saure Kali bei seiner Umwandlung in salzsaures Kali allen
Sauerstoff frei, den es enthielt. 7 Pfund Oxygen verbrauch-
ten die Insassen pro Tag, und genau diese Menge wurde
von der Apparatur täglich erzeugt.

Es war allerdings ebenso wichtig, die ausgeatmete Kohlensäure zu vernichten. Seit bereits 12 h vermischte sich dieses giftige Gas mit der Atmosphäre in der Kapsel; als Nicholl die mühsam keuchende Diana bemerkte, machte er die anderen darauf aufmerksam. Wie in der berühmten Hundsgrotte bei Neapel, in der schon Plinius seinen Hund erstickte, verdichtete sich die Kohlensäure am Boden des Projektils. Die arme Diana mit ihrem hängenden Kopf mußte früher als ihre Herren unter dem giftigen Gas leiden. Barbicane stellte am Boden sogleich einige Gefäße mit kaustischem Kali auf und schüttelte sie; bald hatte das Kali die Kohlensäure absorbiert, die Luft war wieder rein.

Die Prüfung der Instrumente zeigte, daß bis auf ein kleines Thermometer alles heil geblieben war. Ein Präzisionsinstrument zeigte den Druck und den Feuchtigkeitsgehalt der Luft in der Kabine an. Seine Nadel schwankte jetzt zwischen 765 und 760 mm — und das bedeutet schönes Wetter.

Auch Barbicanes Kompasse waren noch intakt. Bei dieser Entfernung von der Erde hatte der Magnetpol keine Wirkung mehr. Die Nadel drehten sich nach Belieben. Vielleicht ließ sich auf dem Mond an Hand der Bussolen feststellen, ob auch der Erdtrabant magnetischen Einflüssen unterworfen sei.

Die anderen Meßinstrumente waren ebenfalls unversehrt: ein Hypsometer, um die Höhe der Mondberge zu messen; ein Sextant, um die Höhe der Sterne festzustellen, ein Theodolit zur Landvermessung und zur Horizontwinkelbestimmung; und einige Fernrohre, die man vor der Landung auf den Mond sicher gut gebrauchen konnte.

In den Fächern unter der Kabinendecke lag das übrige Gerät verstaut. Ardan hatte ganze Säcke Körner und junge Bäume eingepackt, denn er wollte versuchen, auf dem Mond Landwirtschaft zu treiben. Was der Franzose sonst noch eingeräumt hatte, wußte man nicht recht, und der Filou hielt auch den Mund. Von Zeit zu Zeit kletterte er in seinen Dachboden, räumte um und verschob mysteriöse Kisten, wobei er mit Falsettstimme alte französische Liedchen sang.

Wie Barbicane befriedigt feststellte, hatten auch seine starken Raketen und Feuerwerke nichts abbekommen. Sie soll-

Des öfteren verschwand Ardan und zählte nach, ob die Bohnen, Hühner und Stecklinge noch da waren, mit denen er die Mondlandwirtschaft zu begründen gedachte.

ten den Sturz des Projektils bremsen, sobald es in das Schwerefeld des Mondes eingetaucht war. Da die Fallgeschwindigkeit dort oben sechsmal geringer war als auf der Erde, genügten diese verhältnismäßig kleinen Raketen zur Bremsung vollauf.

Der Weltraum bot den gleichen Anblick wie zuvor. Auf der einen Seite erschien die blendende Scheibe der Sonne ohne Lichtkranz wie die Öffnung eines Glutofens, auf der anderen Seite warf der Mond diese Strahlen zurück. Es schien inmitten der Sternenhaufen völlig starr zu sein. Dazwischen zeigte sich ein ziemlich starker Flecken — fast wie ein Loch im Firmament, zur Hälfte mit einem silbrigen Rand umsäumt: die Erde. Vom Zenit bis zum Nadir erstreckte sich ein unübersehbarer Ring von Sternenstaub, jene Milchstraße, in deren Mitte unsere Sonne nur als Stern vierter Größe gilt.

Von diesem noch unbekannten Schauspiel konnten sich die Beobachter nicht abwenden. Barbicane entschloß sich unter dem Eindruck der überwältigenden Empfindungen, seinen Reisebericht zu beginnen und die Geschichte des Unternehmens von Anfang an aufzuzeichnen. Er schrieb mit einer starken, spitzen Handschrift. Stilistisch glichen seine Schilderungen eher einem Geschäftsbericht.

Nicholl hatte sich unterdessen wieder in Formeln und Zahlen vertieft. Ardan plauderte bald mit Barbicane, der keine Antwort gab, bald mit Nicholl, der ihm nicht zuhörte, bald mit Diana, die seinen Theorien nicht ganz folgen konnte, und schließlich mit sich selbst, ging hin und her, befaßte sich mit tausend Kleinigkeiten und beugte sich über die Bodenluke und starrte hinaus oder hockte im Dachboden; immer sang er halblaut vor sich hin. Er belebte diese kleine Welt mit der Agilität und dem Esprit des Franzosen. Man mußte zugeben, daß er seine Nation mit Würde vertrat.

Ein opulentes und geradezu vornehmes Abendessen beendete den Tag — oder vielmehr den Zeitraum von 12 h. Zuversichtlich, ganz im Bewußtsein des bisherigen Erfolges, schliefen die Mondfahrer ein, während das Projektil unbeirrbar durch den Raum zog.

4

Die »Nacht« ging ohne Zwischenfall vorüber. Zwar sind die Begriffe »Tag« und »Nacht« hier sinnlos, denn die Position des Projektils im Verhältnis zur Sonne änderte sich nicht. Astronomisch gesehen war unten Tag und oben Nacht. Aber wir wollen weiterhin die beiden Ausdrücke gebrauchen, um damit den Zeitraum zu bezeichnen, der auf der Erde der Zeit zwischen Sonnenaufgang und Sonnenuntergang entspricht.

Trotz seiner hohen Geschwindigkeit schien sich das Projektil nicht zu bewegen. Eine gleichbleibende Fortbewegung im leeren Raum ist für den menschlichen Organismus nicht zu spüren. Welcher Erdbewohner bemerkt schon die 2 592 000 km, die sich die Erde jeden Tag fortbewegt? Unter diesen Bedingungen besteht zwischen Ruhe und Bewegung kein merklicher Unterschied; erst wenn ein Körper beschleunigt wird, positiv oder negativ, wird seine Fortbewegung spürbar. Das Verhalten gegenüber Ruhe und Bewegung heißt Trägheit. In ihr Projektil eingeschlossen, hätten die Mondfahrer glauben können, sie befänden sich in absoluter Ruhe; nur an dem sich allmählich vergrößernden Mond konnten sie ihre Fortbewegung erkennen.

Am Morgen des 3. Dezember wurden sie unvermutet durch einen Hahnenschrei geweckt. Michel Ardan sprang auf, kletterte nach oben, verschloß eine halboffene Kiste und flüsterte:

»Halt den Schnabel, du verrätst ja alles.«

Nicholl und Barbicane waren aufgewacht.

»Ein Hahn?« fragte Nicholl.

»Nein, nein, Freunde«, antwortete Michel lebhaft, »das war ich selbst. Ich wollte euch wecken.« Und dazu krähte er wie ein Hahn auf Brautschau. Da er von dem Vorfall ablenken wollte, tat er jetzt interessiert und sagte:

»Spaß beiseite: ich mußte die ganze Nacht an die Kollegen in Cambridge denken. Ihr wißt, daß ich in Mathematik keine große Leuchte bin. Mir ist zum Beispiel völlig schleierhaft, wie die unsere Anfangsgeschwindigkeit berechnen konnten.«

»Ganz einfach: sie ist die gleiche wie die Grenzgeschwin-
digkeit«, lachte Barbicane. »Das hätten Nicholl und ich auch
fertiggebracht, wenn uns das Observatorium die Mühe nicht
abgenommen hätte.«

»Mir hätte man eher den Kopf abschneiden als diese Aufgabe geben dürfen.«

»Du verstehst eben nichts von Algebra. Dabei ist alles so
einfach. Wenn du willst, führe ich dir die Rechnung mal
schnell vor. Für den Ansatz muß man die Entfernung des
Erdzentrums vom Mondzentrum kennen, den Radius der
Erde, die Masse von Erde und Mond, und schon findet man
die Lösung mit einer klitzekleinen Formel.«

»Und wie heißt das Formelchen?«

»Sofort. Du mußt mir allerdings erlauben, nicht mit den
krummen Linien zu rechnen, die das Projektil wegen der
Bewegung um die Sonne beschreibt, sondern Erde und
Mond als starr in Rechnung zu stellen.«

»Weshalb das?«

»Weil sich sonst die Frage der drei Körper erhebt, und die
hat die Integralrechnung noch nicht gelöst.«

»Ich drücke der Integralrechnung den Daumen«, sagte Ardan. »Was ist das überhaupt?«

»Das Gegenteil der Differentialrechnung«, antwortete Barbicane mit fachmännischem Ernst.

»Natürlich.«

»Anders ausgedrückt: mit dieser Rechnungsart sucht man
bestimmte Größen, deren Differentiale bekannt sind.«

»Das hast du sehr schön formuliert«, antwortete Michel Ardan mit zufriedenem Gesicht. Er glaubte, damit habe er Barbicane und dessen wissenschaftlichen Eifer abgeschüttelt.
Aber während Nicholl zur Luke hinaussah und Michel Ardan Frühstück machte, arbeitete der Präsident mit Bleistift
und Papier. Keine halbe Stunde später hielt Barbicane Ardan einen Zettel mit folgender Formel unter die Nase:

$$\frac{1}{2}\left(v^2 - v_0{}^2\right) = gr\left(\frac{r}{x} + \frac{m'}{m}\frac{r}{d-x}\right) - gr\left(1 + \frac{m'}{m}\frac{r}{d-r}\right)$$

»Was ist denn das?« fragte Ardan.

»Ganz einfach: ein-halb-v-Quadrat minus v_0-Quadrat ist

gleich gr mal r durch x plus m-Strich durch m mal r durch d minus x, minus gr mal 1 plus m-Strich durch m mal r durch d minus r.«

»Es reimt sich fast«, lachte Ardan. »Eine schöne melodische Sprache. Leider versteht man nichts davon.«

»Erst wolltest du Algebra«, sagte Barbicane, »und jetzt schüttelst du dich.«

»Lieber laß ich mich hängen.«

»Hör doch mal zu, Michel«, sagte Barbicane. »Ein-*halb*-v-Quadrat minus v_0-Quadrat ist die Formel, mit der die *halbe* Veränderung der . . .«

»Und Nicholl versteht das auch?«

»Nichts leichter als das«, antwortete der Kapitän.

»Du kannst mit diesen Hieroglyphen auch unsere Anfangsgeschwindigkeit berechnen?«

»Auf jeden Fall. Sogar noch mehr. Mit dieser Formel kann man nämlich auch unsere augenblickliche Geschwindigkeit berechnen.«

»Paß auf, Michel«, sagte Barbicane geduldig, »ich will es dir erklären. *d* bedeutet die Distanz des Erdzentrums vom Mondzentrum, damit muß man die Anziehungen berechnen, *r* bedeutet den Erdradius, *m* ist die Masse der Erde und *m'* die Masse des Mondes; die Anziehungskraft ist den Massen proportional. *g* ist das Zeichen für die Schwerkraft oder Gravitation, gemessen an der Fallhöhe eines auf die Erde fallenden Körpers pro Sekunde. Ist das klar?«

»Klar wie Kloßbrühe«, sagte Ardan.

»Mit *x* bezeichne ich die veränderliche Distanz des Projektils zum Erdzentrum und mit *v* die Geschwindigkeit des Projektils bei dieser Distanz. v_0 ist die Geschwindigkeit beim Austritt aus der Erdatmosphäre. Das ist doch alles sehr simpel.«

»Nichts ist so simpel wie ich«, antwortete Michel Ardan.

»Wir hatten beim Verlassen der Atmosphäre schon ein Drittel der Anfangsgeschwindigkeit durch die Reibung an der Luft verloren. Das verstehst du doch: je schneller das Projektil, desto größer der Luftwiderstand.«

»Das gebe ich zu«, antwortete Michel Ardan, »aber die Vaunulls im Quadrat kann ich nicht zugeben, bevor ich nicht weiß, was sie heißen.«

»Die Astronomen haben falsch gerechnet? Verdammt nochmal, dann soll unser Geschoß ihnen aufs Haupt fallen und ihre lächerliche Sternwarte zertrümmern!«

»Warte nur ab, bis die Zahlen eingesetzt sind. Einige sind uns ja bekannt, die anderen müssen wir berechnen. r, der Erdradius, beträgt auf der Breite Floridas 6 300 000 m; d, die Distanz zwischen Erd- und Mondzentrum, entspricht 56 Erdradien, in Zahlen . . .«

Nicholl rechnete nach: »Genau 352 800 km, wenn der Mond in Erdnähe ist.«

»Ausgezeichnet«, sagte Barbicane. »m', die Mondmasse, ist der einundachtzigste Teil der Erdmasse m. g beträgt in Florida 9,81 m/sec². gr ist demnach . . .«

»61 803 000 m²/sec²«, fuhr Nicholl fort.

»Und jetzt?« fragte Michel Ardan.

»Jetzt kann ich die Geschwindigkeit v_0 berechnen, die notwendige Geschwindigkeit beim Verlassen der Atmosphäre, mit der wir den Punkt erreichen, wo die Anziehungskraft gleich Null ist. Also setze ich o für diese Geschwindigkeit und für x ⁹/₁₀ von d, der Distanz der beiden Zentren. Daraus folgt: x = ⁹/₁₀ d, und v = o, so daß die Formel . . .«

Barbicane begann jetzt hastiger zu schreiben:

$$v_0{}^2 = 2\,gr\left(1 + \frac{m'}{m}\frac{r}{d-r}\right) - 2\,gr\left(\frac{10\,r}{9\,d} + \frac{m'}{m}\frac{10\,r}{d}\right)$$

»Nur noch ein bißchen multiplizieren und dividieren«, sagte Nicholl, »dann haben wir die Geschwindigkeit beim Austritt aus der Atmosphäre.«

Der Kapitän, ein mit allen Wassern gewaschener Empiriker, begann in Windeseile zu rechnen und ließ lange Divisionen und Multiplikationen unter seinen Fingern hervorquellen. Die Ziffern prasselten nur so auf sein Blatt, während Barbicane gespannt zusah.

»Wie hoch ist denn nun die Anfangsgeschwindigkeit nach Ihrer Rechnung gewesen?« fragte Michel.

»10 995 m in der ersten Sekunde.«

»Was!« schrie Barbicane.

»10 995.«

»Verdammter Mist!« Barbicane schlug sich verzweifelt an die Stirn.

»Was hast du denn?« fragte Michel Ardan.

»Begreifst du denn nicht? Da unsere Geschwindigkeit durch

die Luftreibung um ein Drittel abnehmen würde, hätte unsere Startgeschwindigkeit . . .«
»16 493 m/sec betragen müssen!« antwortete Nicholl.
»Und das Cambridger Observatorium hielt 11 000 Meter für ausreichend!«
»Was nun?« fragte Ardan.
»Wir kommen nicht bis zum neutralen Punkt, nicht einmal bis zur Hälfte des Wegs!« jammerte Barbicane.
»Ich werd' verrückt«, sagte Ardan. »Wir fallen also wieder runter?«
»Hätten wir doch bloß vorher mal nachgerechnet!«

5

Die Entdeckung des Rechenfehlers wirkte wie ein Donnerschlag. Barbicane wollte nicht daran glauben. Nicholl überprüfte seine Rechnung immer wieder, fand aber keinen Fehler. Die notwendige Anfangsgeschwindigkeit von 16 493 m/sec war und blieb richtig berechnet. Die aber hatten sie nicht vorgesehen. Betreten blickten sich die Mondfahrer an, und das Frühstück fiel wegen mangelnden Interesses aus. Ardan brummte:
»Verfluchte Wissenschaft! 20 Goldstücke gäbe ich dafür, wenn wir den Cambridger Astronomen direkt aufs rechenschwache Haupt fielen!«
Plötzlich wandte sich der Kapitän an Barbicane:
»Jetzt ist es 7 Uhr. Wir sind also 32 h unterwegs und haben mehr als die Hälfte der Strecke hinter uns. Wir fallen aber nicht! Was sagen Sie dazu?«
Statt einer Antwort ergriff Barbicane einen Winkelzirkel, womit man den Winkelabstand des Erdballs mißt. Nachdem er eine Zeitlang sehr sorgfältig an der Bodenluke damit hantiert hatte, wischte er sich den Schweiß von der Stirn und schrieb ein paar Zahlen auf. Nicholl erkannte, daß Barbicane aus dem Maß des Erddurchmessers die Entfernung des Projektils berechnete.
»Wir fallen nicht!« rief Barbicane. »Über 200 000 km sind

33

wir schon von der Erde entfernt und damit über jenen Punkt hinaus, an dem wir hätten stillstehen müssen, wenn wir beim Abschuß nur 11 000 m/sec schnell gewesen wären. Es geht aber immer noch aufwärts!«

»Dafür gibt es nur eine Erklärung: die 400 000 Pfund Schießbaumwolle müssen uns eben doch schneller als mit 11 000 m/sec in den Raum geschleudert haben«, sagte Nicholl. »Anders ist es auch nicht zu erklären, daß wir schon nach 13 min dem zweiten Trabanten begegnet sind, dessen Bahn in einer Höhe von rund 8000 km verläuft.«

»Außerdem«, sagte Barbicane, »hat das hinausgedrückte Wasser unser Gewicht beim Starten bedeutend verringert — wir sind gerettet!«

Die Mondfahrer erholten sich bald von ihrem Schrecken in der Morgenstunde und frühstückten. Die algebraische Misere hatte ihr Vertrauen auf die Empirie nur noch verstärkt.

Ardan war ganz aus dem Häuschen:

»Jetzt kann nichts mehr schiefgehen, und wir werden uns fürstlich langweilen. Aber auch gegen die Langeweile habe ich ein Mittel. Ihr braucht nur zu wünschen: Schach, Dame, 17 und 4, Domino — alles da. Nur das Billard habe ich vergessen.«

»Um Gotteswillen, was hast du denn noch alles mitgeschleift!« seufzte Barbicane.

»Damit werde ich auch den Seleniten die Zeit vertreiben. Ihr werdet die Spielhöllen in den Mondkneipen noch erleben.«

»Mein Lieber«, sagte Barbicane, »wenn der Mond Bewohner hat, dann ist er auch schon ein paar tausend Jahre länger bewohnt als die Erde, denn der Trabant ist zweifellos älter als unser Stern. Wenn also das Gehirn der Seleniten ähnlich organisiert ist wie das der Erdbewohner, dann haben sie längst alle unsere Erfindungen gemacht und auch jene, auf die wir erst in Jahrhunderten kommen werden. Von uns können sie nichts mehr lernen, eher umgekehrt. Du kennst doch die Donathsche Wellentheorie vom gleichen Verlauf aller Kulturentwicklungen.«

»Bitte schön«, sagte Ardan, »es gab also Künstler auf dem Mond wie Phidias, Michelangelo oder Raffael?«

»Warum nicht?«

»Und Dichter wie Homer, Vergil, Milton, Goethe, Schiller und Hugo?«

»Sicher.«

»Auch Philosophen wie Platon, Aristoteles, Descartes, Kant und Gelehrte wie Archimedes, Euklid, Pascal und Newton?«

»Alles.«

»Aber einen Photographen wie Nadar haben sie bestimmt nicht.«

»Doch.«

»Und einen Astronauten wie dich?«

». . .«

»Na?«

»Auch.«

»Dann verstehe ich allerdings nicht, daß die Seleniten noch nicht längst ein Fahrzeug zur Erde geschickt haben.«

»Woher weißt du denn, daß sie das noch nicht getan haben?«

»Immerhin«, mischte sich Nicholl ein, »ist es zehnmal einfacher, ein Projektil vom Mond aus zu starten, weil die Anziehungskraft des Mondes nur ein Sechstel der Erdanziehung ausmacht; man hätte die Kugel nur 32 000 anstatt 320 000 km weit schießen müssen.«

»Wenn uns also der Mond schon vor langer Zeit angeschossen hat«, sagte Ardan, »warum wurde die Kugel dann nicht gefunden?«

»Weil sie aller Wahrscheinlichkeit nach ins Meer gestürzt ist«, antwortete der Präsident. »Sieben Zehntel der Erdoberfläche sind von Wasser bedeckt. Möglicherweise ist diese Kugel zu einer Zeit, als die Erdrinde noch nicht erstarrt war, in einer Spalte versunken.«

Inzwischen hatten die Hunde zu knurren angefangen und ließen sich bereitwillig füttern.

»Was hätten wir für eine schöne ›Arche Noah‹ werden können«, seufzte Michel Ardan dabei. »Von jedem Haustier ein Pärchen . . .«

»Wir können aus der Kabine doch keinen Stall machen«, antwortete Nicholl. »Allerdings gebe ich zu, daß ein paar Stück Rindvieh auf dem Mond recht nützlich wären.«

»Ein kleiner Esel hätte schon genügt«, sagte Ardan. »Ich mag Esel besonders gern, weil man sie so diskriminiert und auch nach ihrem Tod nur Schläge für sie übrig hat.«

»Wieso?« fragte Barbicane.

»Weil man aus ihren Häuten Trommelfelle macht.«

Ardan beugte sich über das Lager des kranken Hundes und rief plötzlich erregt:

»Trabant hat ausgelitten!«

»Ach«, sagte Nicholl.

»Verendet wie ein Hund«, jammerte Ardan. »Arme Diana, der Mond wird deine Mutterfreuden nicht mehr erleben.«

»Jetzt ist die Frage«, sagte Barbicane, »was wir in den nächsten 48 h mit dem Hund anfangen.«

»Hier drinnen können wir ihn unmöglich lassen«, sagte Nicholl. »Wir öffnen am besten eine Luke und werfen den Kadaver hinaus.«

Barbicane überlegte kurz und sagte dann:

»Gut, aber bitte mit größter Vorsicht! Es darf möglichst keine Luft dabei entweichen!«

»Aber wir stellen doch selber neue Luft her«, warf Ardan ein.

»Nur teilweise«, erklärte Barbicane. »Wir ergänzen nämlich nur den Sauerstoff, wobei wir aufpassen müssen, daß unser Gerät nicht zuviel davon produziert, sonst kann unser Kreislauf gestört werden. Den Stickstoff in der Luft, den wir nicht verbrauchen, der aber vollständig erhalten bleiben muß, erneuern wir nicht. Gerade er könnte aber durch die offenen Luken entweichen. Außerdem darf auf keinen Fall die Weltraumkälte in die Kabine dringen. Bitte, achtet darauf.«

»Aber die Sonne . . .«

»Die Sonne wärmt zwar unser Projektil, das ihre Strahlen absorbiert, aber nicht den leeren Raum. Wo keine Luft ist, verbreitet sich keine Wärme. Falls die Sonne einmal erlöschen sollte, wäre es auf der Erde genauso kalt wie hier im Weltraum.«

»Furchtbarer Gedanke«, sagte der Franzose. »Aber die Sonne braucht gar nicht zu erlöschen. Nimm nur mal an, die Erde entfernt sich von ihr. Dann trifft doch das gleiche ein.«

»Los, wirf den toten Hund hinaus, aber rasch, damit nicht zuviel Weltraumkälte zu uns hereindringt!«

»Eine neue Theorie von Professor Michel Ardan«, sagte Barbicane.

»Wozu der Spott? Ihr habt wohl vergessen, daß die Erde erst 1861 durch einen Kometenschweif gegangen ist. Wenn eines Tages ein Komet kommt, der die Erde stärker anzieht als die Sonne, dann wird sich die Bahn der Erde nach ihm ausbiegen. Erde und Mond werden so weit aus dem Sonnensystem weggezogen, daß die Sonnenstrahlen auf der Erdoberfläche nichts mehr ausrichten. Auch in diesem Fall würde es entsetzlich kalt.«

»Nicht kälter als im übrigen Weltraum.«

»Wie hoch schätzt man die Temperatur, die hier herrscht?«

»Früher kam man mit Rechnungen auf Millionen Grade unter Null. Fourrier, ein Landsmann von dir, hat diese Zahlen aber korrigiert. Nach seiner Rechnung sinkt die Temperatur im Weltraum nicht unter 60°. Das entspricht ungefähr der Temperatur in der Polargegend auf der Insel Melville und auf dem Fort Reliance.«

»Das muß aber erst noch bewiesen werden«, warf Nicholl ein. »Ein anderer Franzose, Pouillet nämlich, schätzt die Raumtemperatur auf 160° unter Null. Aber wir brauchen weder zu schätzen noch zu berechnen, wir können ja nachmessen.«

»Jetzt nicht«, sagte Barbicane, »das Thermometer würde viel zu hoch anzeigen, weil es die Sonnenstrahlen reflektiert. Sobald wir aber auf dem Mond angekommen sind, können wir diesen Versuch während der vierzehntägigen Mondnacht machen; der Mond bewegt sich ja im leeren Raum.«

»Was verstehst du unter *leer?*« fragte Michel.

»Den luftleeren Raum, worin der Äther die Luft ersetzt.«

»Was ist denn das schon wieder?«

»Eine Masse unwägbarer Atome, die — nach den Lehrbüchern der Molekularphysik — so weit voneinander entfernt sind wie Himmelskörper im Weltraum. Dennoch beträgt ihr Abstand voneinander nicht mehr als $1/3\,000\,000$ mm. Diese Atome erzeugen Licht und Wärme, und zwar, indem sie in einer Sekunde 430 Trillionen Schwingungen ausführen und das bei einer Größe von 4 bis 6 Zehntausendstel Millimetern.«

»Aber Trillionen sagt doch überhaupt nichts«, antwortete

Michel Ardan. »Man muß diese Größen irgendwie vergleichen können, sonst werden sie nicht anschaulich. Auch wenn
du mir noch so oft einbleust, die Uranusmasse sei 76mal
größer als die Masse der Erde, die des Saturn 900mal größer, des Jupiter 1300, der Sonne 13 000mal: ich habe davon
keine Vorstellungen. Das ist mir alles viel zu abstrakt. Ich
für meine Person halte mich lieber an die alten Vergleiche
aus ›Die Welt der Zahl‹: die Sonne ein Kürbis von 60 cm
Durchmesser, Jupiter eine Orange, Saturn ein Apfel, Neptun eine kleine Süßkirsche, Uranus eine dicke Kirsche, die
Erde eine Erbse, Mars ein dicker Stecknadelkopf, Merkur
ein Senfkorn, Juno, Ceres, Vesta, Pallas bloße Sandkörner.
Daran kann man sich wenigstens orientieren.«
»Sieh mal an«, pfiff Nicholl durch die Zähne. »Ich habe das
noch ganz anders im Kopf: der Jupiter eine Kokosnuß, der
Saturn eine kleine Kokosnuß, Neptun ein Apfel, Uranus ein
großer Apfel, die Erde eine Kirsche, Mars eine Erbse und
Merkur eine kleine Erbse.«
»Eh du dich mit Nicholl darüber streitest, ob die Erde nun
eine Kirsche oder eine Erbse ist, hältst du dich doch besser an
die exakten Zahlen der Wissenschaft«, empfahl Barbicane.
Nach dieser Ehrenrettung des positiven Denkens wurde
Trabant nach Matrosenart bestattet. Nicholl schraubte die
Verschlußbolzen in der einen Fensterluke vorsichtig ab
und öffnete dann das Fenster mit der eingebauten Hebelvor-
richtung, die kräftig genug war, um den Innendruck zu
überwinden. Michel warf Trabant hinaus. Das alles ging so
schnell vor sich, daß Barbicane keine Bedenken hatte, später
noch weitere Trümmer auf die gleiche Weise verschwinden
zu lassen.

6

Am 4. Dezember wachten die Mondfahrer um 5 Uhr mor-
gens nach irdischer Zeit auf. 5.45 Uhr waren sie über die
Hälfte der Fahrzeit hinaus, hatten aber bereits $7/10$ der
Strecke zurückgelegt.

Die Erde erschien jetzt nur noch als dunkler Fleck inmitten eines Bündels von Sonnenstrahlen. Sichel und aschfarbenes Licht waren verschwunden. Um Mitternacht des nächsten Tages mußte die Erde Neulicht haben. Der Kurs näherte sich mehr und mehr dem Mond, so daß mit einem pünktlichen Zusammentreffen zu rechnen war. Ringsumher war der Himmel mit leuchtenden Punkten übersät, die sich langsam von der Stelle zu bewegen schienen. Sonne und Sterne zeigten sich nicht anders als von der Erde aus. Der Mond vergrößerte sich zwar zusehends, aber seine Oberfläche ließ auch durch die Fernrohre keine topographischen oder geologischen Einzelheiten erkennen.

Währenddessen vertrieben sich die Mondfahrer die Zeit mit Plaudereien; vor allem die bevorstehende Landung auf dem Mond beschäftigte sie. Beim Frühstück fragte Michel Ardan, was wohl mit dem Projektil geschehe, wenn es plötzlich stehenbliebe.

»Das ist unmöglich«, antwortete Barbicane, »wenn unsere Treibkraft nicht plötzlich nachläßt. Aber auch dann nähme unsere Geschwindigkeit nur ganz allmählich ab, da uns nichts bremst. Ganz stillstehen wird das Projektil niemals.«

»Und angenommen, es stieße mit einem anderen Körper zusammen«, sagte Michel Ardan, »zum Beispiel mit einem Boliden.«

»Dann blieben von uns und unserem Projektil sowieso nur noch Fetzen übrig. Wir würden verbrennen.«

»Das hätte ich aber gern mal erlebt«, sagte Michel Ardan.

»Warum auch nicht?« antwortete der Präsident. »Seit kurzem weiß man, daß Wärme nichts anderes ist als eine Modifikation der Bewegung. Wenn man zum Beispiel Wasser erwärmt, beschleunigt man lediglich die Bewegung seiner Moleküle, bringt sie stärker zum Schwingen. Auch wenn man einen Zug bremst, geht die Bewegung in Wärme über; die Bremsbacken werden heiß. Warum schmiert man die Radachsen mit Fett? Um zu verhindern, daß die Reibung sie erhitzt und das Metall sich festfrißt. Bei einem Zusammenstoß erginge es unserem Projektil wie einer Kugel, die gegen eine Panzerplatte prallt und glühendheiß zur Erde fällt. Ihre Bewegung hat sich in Hitze verwandelt. Deshalb sagte ich, daß die Kollision durch die plötzlich aufgehobene Geschwindigkeit eine Hitze erzeugt hätte, durch die unser Projektil auf der Stelle atomisiert worden wäre.«

»Da fällt mir eine simple Methode ein, die Welt untergehen zu lassen. Man hält sie an, dann verdampft sie«, sagte Michel Ardan. »Aber wenn man die Erde anhielte, müßte sie ja auf die Sonne fallen. Das gäbe eine kosmische Katastrophe.«

»Den Berechnungen nach würde der Aufprall eine Hitze entwickeln, als brennten 1600 Kohlekugeln von der Größe des Erdballs.«

»Das könnte die Sonne ganz schön anheizen«, meinte der Franzose. »Die Bewohner von Uranus und Saturn würden sich nicht einmal darüber beklagen, denn jetzt ist es dort noch hundekalt.«

»Die Tatsache, daß jede gebremste Bewegung Wärme erzeugt, erlaubt auch die Hypothese, daß die Hitze der Sonne von einem Meteorenhagel, der sie ständig bombardiert, unterhalten wird. Man hat berechnet . . .«

»Ach, diese ewigen Zahlen«, brummte Michel.

»Auf dem Mond ist es leider anders«, sagte Nicholl.

»Ach was«, antwortete Michel Ardan, »wenn es dort Bewohner gibt, müssen sie ja auch irgendwie leben und atmen. Wenn sie ausgestorben sind, haben sie hoffentlich noch ein bißchen Sauerstoff übriggelassen, der für drei Mann reicht. Zumindest auf dem Grund der Mondschluchten wird sich etwas angesammelt haben. Das Bergsteigen müssen wir uns eben verkneifen. C'est tout.« Er stand auf und sah sich die leuchtende Mondscheibe an. Sie strahlte so hell, daß ihr Licht nicht auszuhalten war. »Ich will Moritz heißen, wenn es da oben nicht warm ist!«

»Wenn man bedenkt, daß der Mondtag 360 h lang ist«, meinte Nicholl, »da müßte doch etwas übrigbleiben.«

»Zum Ausgleich sind die Nächte aber genauso lang, und da die Wärme nur durch Strahlen erneuert wird, dürfte es ebenso kalt sein wie im Planetensystem.«

»Ein wahres Traumland«, seufzte Ardan. »Trotzdem möchte ich schon dort sein. Ich stell mir das doch sehr komisch vor, wenn man abends die Erde als Mond aufgehen sieht und die Form ihrer Kontinente erkennt: das dort ist also Amerika; dort Asien und hier Europa! Und dann folgt man ihr mit den Blicken, wenn sie sich in den Sonnenstrahlen verliert. — Sag mal, Barbicane, was hältst du von der Theorie, daß der Mond ein Komet sei, dessen Reise unterbrochen worden ist?«

»Du hast Ideen!«

»Diese Theorie ist aber nicht auf Ardans Mist gewachsen!« rief Nicholl.

»Geben Sie Gedankenfreiheit, Kapitän!«

»Schön«, sagte Nicholl. »Aber jedenfalls behaupten die Arkadier, ihre Vorfahren hätten zu einer Zeit auf der Erde gewohnt, als es noch keinen Mond gab. Daraus schlossen einige Gelehrte, der Mond sei ein Komet, der auf seiner Bahn der Erde zu nahe gekommen und in ihrem Anziehungsbereich geblieben sei.«

»Und was stimmt an dieser Hypothese?« fragte Ardan.

»Nichts«, antwortete Barbicane. »Und zwar läßt sich das Gegenteil damit beweisen, daß der Mond keine Spur der gasartigen Hülle zurückbehalten hat, die jeder Komet mit sich führt.«

»Moment mal. Wäre es nicht möglich, daß der Mond noch als Komet so nahe an die Sonne herangekommen ist, daß alle seine Gassubstanzen verdunstet sind?« fragte Ardan.

»Möglich schon«, antwortete Barbicane, »aber nicht wahrscheinlich.«

»Warum nicht?«

»Weil ... ach, ich weiß auch nicht.«

»Hört! Hört!« rief Michel.

»Wieso hört!? Soll ich denn hier alles wissen?«

»Durchaus nicht, Barbicane. Mir ist durchaus bewußt, wie wenig man weiß von allem, was man wissen kann. Ich wüßte gern, wie viele Bände man mit all dem füllen kann, was man nicht weiß.«

»Weiß ich's? Vielleicht 98. Ich möchte übrigens jetzt gern wissen, wieviel Uhr es ist.«

»15 Uhr«, antwortete Nicholl.

Michel schwang sich jetzt zur Decke empor, »um den Mond besser sehen zu können«, wie er sagte. Als er kurz darauf wieder herunterkletterte und an der einen Seitenluke vorbeikam, schrie er plötzlich auf.

Als wanderndes Gewissen folgte der tote Hund dem Geschoß, plattgedrückt wie ein leerer Dudelsack.

»Was ist denn los?« fragte Barbicane.

»Da . . . da!«

Der Präsident und Nicholl traten zu Ardan ans Fenster und sahen eine Art platten Sack, der in einigen Metern Entfernung neben dem Projektil schwebte. Der Körper schien unbeweglich wie das Projektil, folglich raste er mit der gleichen Geschwindigkeit durch das All.

»Was ist denn das für ein schreckliches Ding?« fragte Michel Ardan tonlos. »Warum fliegt es neben uns her?«

»Was das ist, weiß ich auch nicht«, antwortete Barbicane, »aber ich weiß, warum es neben uns fliegt. Im luftleeren Raum bewegen sich — oder fallen, was das gleiche ist — die Körper mit gleicher Geschwindigkeit ohne Rücksicht auf Form oder Schwere. Wenn man aus einem Rohr die Luft herauspumpt, dann fallen Staubkörner darin genauso schnell wie Bleikörner. Das gleiche Phänomen haben wir im Weltraum.«

»Alles, was wir hinauswerfen, wird unser Projektil bis zum Mond begleiten«, ergänzte Nicholl.

»Ach, da waren wir aber dumm!« rief Michel. »Wir hätten unser Fahrzeug ganz mit nützlichen Instrumenten, Büchern und Werkzeugen füllen sollen. Anschließend hätten wir alles hinausgeworfen, und es wäre gleichzeitig mit uns auf dem Mond angekommen. Aber mir kommt da eine bessere Idee: warum begeben *wir* uns nicht nach draußen? Weshalb springen wir nicht einfach aus den Luken in den Raum hinaus? Was für ein Gefühl muß das sein, frei im Äther zu schweben, ohne daß man wie ein Vogel mit den Flügeln schlagen muß . . .«

»Schön wär's«, sagte Barbicane, »aber wie sollen wir da draußen atmen?«

»Wir müssen eben vorher tief Luft holen!«

»Auch wenn du Luft hättest, würdest du bald zurückbleiben, da dein Körper nicht so dichthält wie das Projektil.«

Damit fand diese Idee ein vorläufiges Ende. Barbicane und Nicholl traten wieder von der Luke zurück, nur Ardan starrte weiter hinaus auf den seltsamen Begleiter.

»Ich weiß es«, rief er plötzlich gequält.

»Was ist denn nun schon wieder los?« fragte Nicholl.

»Ich weiß es, ich ahnte es schon vorhin, was es mit diesem

Boliden da draußen auf sich hat. Das ist kein Meteorit, das ist auch kein Planetenstückchen, was uns da begleitet.«

»Sondern?« fragte Barbicane.

»Dianas Bräutigam; die Leiche Trabants.«

Dieser bis zur Unkenntlichkeit verformte Gegenstand war tatsächlich der tote Trabant. Platt wie ein leerer Dudelsack, in konstanter Bewegung aufwärts, mit der Schnauze voran, unterwegs zum Mond.

7

Auf dieses Ereignis, das zugleich merkwürdig und logisch, seltsam und erklärbar war, sollte bald ein weiteres folgen, das die Mondfahrer ernstlich in Gefahr brachte. Ihre Aufregung über den toten Hund steigerte sich immer mehr, je näher sie ihrem Ziel kamen. Sie entwarfen mögliche, neue, unvorhergesehene Erscheinungen. Ihre überreizte Phantasie eilte dem Projektil voraus. Ihr Flug wurde unmerklich langsamer. Der Mond wuchs vor ihren Augen, so daß sie beinahe glauben konnten, er wäre mit den Händen zu greifen. Nur schwer fanden sie in den Schlaf und erwachten am nächsten Morgen, dem 5. Dezember, bereits um 5 Uhr.

Nach den Berechnungen war dies der letzte Reisetag. An diesem Tag in 18 h und gerade bei Eintritt des Vollmonds sollten sie die leuchtende Scheibe erreichen. Um Mitternacht sollte sich diese außerordentliche Reise alter und neuer Zeiten vollenden.

Barbicane rechnete jetzt nach seinen neuesten Beobachtungen und Messungen damit, auf der Nordhälfte des Mondes zu landen, da, wo sich unermeßliche Ebenen ohne wesentliche Erhöhungen ausdehnen. Der Landeplatz war nicht zuletzt deshalb günstig, weil sich die Mondatmosphäre, wie man dachte, in den Niederungen befand.

»Außerdem«, bemerkte Michel Ardan, »ist die Ebene zum Landen immer günstiger als das Gebirge. Wenn ein Mondbewohner auf der Erde landen würde und in Europa auf dem Gipfel des Mont Blanc oder in Asien auf der Spitze des Himalaja runterkäme, dann müßte er noch ein ganzes Stück zu Fuß gehen.«

»Und unser Projektil bleibt dort stehen, wo es landet«, meinte Nicholl. »Beim Niedergehen auf einen Abhang würden wir wie ein Felsblock zu Tal rollen, und da wir keine Eichhörnchen sind, würden wir auch nicht mit heiler Haut davonkommen.«

An dem glücklichen Ausgang des Unternehmens war nicht mehr zu zweifeln. Nur Barbicane hatte in einem Punkt Bedenken; aber er schwieg, um seine Kameraden nicht zu beunruhigen. Der Kurs des Projektils nach der Nordhälfte des Mondes bewies nämlich, daß man von der vorhergesehenen Bahn abgewichen war. Nach mathematischer Berechnung hätte die Kapsel das Zentrum der Mondscheibe treffen müssen. Woher kam aber dann die Abweichung? Barbicane konnte sich weder die Ursache noch die Bedeutung der Abweichung erklären, weil er deren Symptome nicht bemerkte. Er hoffte immer noch, das Projektil treibe lediglich dem oberen Rand des Mondes entgegen — der zum Landen ohnehin günstigeren Gegend.

Er beschränkte sich darauf, den Mond häufig zu beobachten, um jede Richtungsänderung des Projektils zu registrieren; seinen Freunden gegenüber schwieg er weiterhin. Wenn das Projektil sein Ziel verfehlte und über den Mond hinaus in die Unendlichkeit des Planetensystems fiele, wären die Folgen für die drei Astronauten fürchterlich.

Sie waren jetzt so nahe, daß der Mond, der bisher immer als Scheibe erschienen war, seine Wölbung erkennen ließ. Hätten ihn die Sonnenstrahlen schräg von der Seite getroffen, wären die hohen Gebirge durch ihre Schlagschatten klar erkennbar gewesen, und man hätte auch die Abgründe seiner Krater und die lockeren Streifen, die sich über unermeßliche Ebenen hinziehen, genau ausmachen können. Jetzt aber verlor sich jede Erhöhung in dem gleißenden Licht, und man konnte kaum die großen Flecken unterscheiden, die den Mond manchmal wie ein menschliches Gesicht erscheinen lassen.

»Ein Menschengesicht von mir aus«, sagte Ardan, »aber bedauernswert pockennarbig.«

»Was kann denn der Mond für sein Gesicht?« fuhr ihn Barbicane an.

Michel Ardan räusperte sich, antwortete aber nicht. Die drei standen jetzt unablässig vor den Luken und beobachteten.

In der Phantasie durchwanderten sie unbekannte Landschaften, erklommen hohe Berggipfel und stiegen auf den Grund der weiten Ringgebirge hinab. Manchmal glaubten sie ungeheure Ozeane zu sehen, die es aber unter einer so dünnen Atmosphäre kaum geben konnte, und Bäche, die von den Gebirgen herabstürzten. Und während sie ins All starrten, hofften sie auf ein Geräusch von dem Gestirn her; aber die ewig stumme Einsamkeit des Raumes gab keinen Laut.

Von diesem letzten Tag blieben ihnen die stärksten Erinnerungen. Sie zeichneten die geringsten Details auf. Je näher sie ihrem Ziel kamen, desto größere Unruhe packte sie; und diese Unruhe wäre noch gewachsen, wenn ihnen die geringe Geschwindigkeit bewußt geworden wäre, mit der sie sich noch fortbewegten. Sie hätten dann bestimmt nicht mehr geglaubt, bis ans Ziel zu kommen. Das Projektil war jetzt fast völlig schwerelos; denn die Anziehungskraft der Erde hatte beständig abgenommen und mußte an dem Punkt völlig verschwinden, wo von der anderen Seite her die Anziehungskraft des Mondes zu wirken begann.

Der Apparat von Reiset und Regnault funktionierte einwandfrei. Die Luft blieb vollkommen rein. Jedes Elementarteilchen Kohlensäure wurde von dem Kali verschlungen, und Kapitän Nicholl versicherte, der Sauerstoff sei *first class*. Etwas Wasserdampf hatte sich in der Kabine niedergeschlagen, mischte sich unter die trockene Luft, so daß man ohne Übertreibung behaupten kann, daß das Atmen hier weitaus gesünder war als in vielen Wohnungen in Paris, London oder New York, von Theatersälen ganz zu schweigen.

Das Sauerstoffgerät mußte ständig in Ordnung gehalten werden, um störungsfrei zu arbeiten. Jeden Morgen untersuchte Michel Ardan die Regulatoren, prüfte die Hähne und regelte den Wärmegrad des Gases mit dem Pyrometer. Da alles so nach Wunsch ging, nahm der Umfang der Mondfahrer wie bei Maston derart rapide zu, daß man sie, falls sie noch einige Monate in diesem Gefängnis geblieben wären, nicht mehr erkannt hätte. Sie lagen wie Hühner im Korb und wurden fett. Aber während Ardans Mahlzeiten ihre Körper besänftigten, nahm ihre seelische Verfassung an Gereiztheit zu.

»Immer, wenn ich diesen Trabanten ›Trabant‹ da draußen sehe«, sagte Michel Ardan, »muß ich daran denken, wie es gewesen wäre, wenn einer von uns den Stoß beim Abschuß nicht überlegt hätte. Die anderen wären mit seiner Beerdigung — was sage ich: Beätherigung schön in Verlegenheit gekommen. Ich hab mich schon immer gefragt, wie das Gewissen aussieht. Schaut euch den Kadaver an, der uns anklagend durch den Weltraum verfolgt, dann wißt ihr es.«

»Glücklich ist, wer vergißt, was nun einmal nicht zu ändern ist«, sagte Nicholl spöttisch.

»Andererseits hat es dieser Weltraum-Märtyrer auch recht gut«, fuhr Ardan fort. »Ich möchte auch lieber frei da draußen spazierenfliegen. Ich hätte auch Lust, in diesem strahlenden Äther zu baden und mich unter den reinen Sonnenstrahlen zu räkeln und zu wälzen. Wenn Barbicane nur einen Taucheranzug und eine Luftpumpe mitgenommen hätte, wäre ich längst draußen.«

»Mon Dieu, Michel«, antwortete Barbicane, »den Astronauten hättest du nicht lange gespielt, denn trotz deines Taucheranzugs hätte dich die Luft in deinem Innern aufgetrieben, und du wärest zerplatzt wie eine Granate oder vielmehr wie ein Ballon, der zu hoch gestiegen ist. Da gibt es gar nichts zu bedauern: solange wir uns im luftleeren Raum bewegen, mußt du dir solche sentimentalen Reisen verkneifen.«

Michel Ardan ließ sich halbwegs überzeugen, zumindest sah er ein, daß die Sache schwierig war, wenngleich nicht unmöglich, denn dieses Wort pflegte er nicht zu benutzen. Die Unterhaltung sprang jetzt lebhaft von einem Thema zum anderen. Es schien den drei Freunden, als sprossen ihnen die Vorstellungen und Ideen wie Blätter in der ersten Frühlingssonne. Sie fühlten, wie ihre Gedanken sich belaubten.

Plötzlich fragte Nicholl zur Überraschung aller scharf in das leichte Geplauder:

»Reise zum Mond schön und gut, aber wie kommen wir wieder zurück?«

Die Freunde sahen ihn völlig verblüfft an, als käme ihnen dieser Gedanke zum erstenmal.

»Was wollen Sie damit sagen, Nicholl?«

»Mir scheint es nicht angebracht, nach der Rückfahrt zu fragen, bevor man überhaupt angekommen ist.«

»Ihr sollt euch jetzt nicht um die Antwort drücken«, sagte Nicholl bissig. »Ich will wissen, wie wir zurückkommen!«

»Tja, das weiß ich auch nicht«, sagte Barbicane.

»Ach, so was Ödes«, spottete Michel Ardan. »Wenn ich gewußt hätte, wie wir wieder zurückkommen, wäre ich gar nicht erst mitgefahren.«

»*Die* Antwort konnte nur von Ihnen kommen!«

»Ich finde, Michel hat nicht ganz unrecht. Zumindest im Augenblick ist eine Diskussion der Rückfahrt witzlos. Wenn es so weit ist, können wir uns immer noch den Kopf darüber zerbrechen. Kanone wird zwar keine da sein, aber das Geschoß wird uns bleiben.«

»Ich wußte nicht, daß man neuerdings eine Kugel auch ohne Gewehr abschießen kann.«

»Das Gewehr«, sagte Barbicane, jetzt schon unwirsch, »kann man zusammenbauen. Das Pulver läßt sich mischen. Metalle, Salpeter und Kohle gibt es auch da oben. Außerdem müssen wir, um dem Schwerefeld des Mondes zu entkommen, nur 32 000 km steigen, den Rest der Reise besorgt die Anziehungskraft der Erde.«

»Mir reicht's jetzt mit euren rückfahrtsgerichteten Spekulationen! Ihr habt wohl Heimweh. Schreibt doch eine Ansichtskarte vom Mond und schickt sie euren Lieben! Die Mondboliden kann man sicher auch als Brieftauben benutzen.«

»Das ist überhaupt eine Idee«, sagte Barbicane in vollem Ernst. »Nach Berechnungen von Laplace genügt die fünffache Kraft einer gewöhnlichen Kanone, um einen Boliden auf die Erde zu schießen. Jeder Vulkan würde das schaffen.«

»Klar!« rief Michel. »Die schnellste Post der Welt und kostet keinen Pfennig. Der Postminister kann sich pensionieren lassen. Aber apropos Post: warum haben wir kein Kabel an das Projektil gehängt? Wir hätten dann laufend zur Erde telegraphieren können!«

»Teufel, Teufel«, höhnte Nicholl. »Sind Sie schlau. Was glauben Sie denn, was 352 000 km Draht wiegen?«

»Ist das auch ein Problem?« fragte Ardan. »Wir hätten eben die Columbiade 3-, 4-, 5mal stärker geladen.«

»Trotzdem, trotzdem, Vorsicht!« mahnte Barbicane mit seltsam unsicherer Stimme und erhobenem Zeigefinger. »Dein Projekt ist gefährlich. Die Erde hätte bei ihrer Drehung den Draht aufgewickelt wie eine Winde die Kette, und wir wären unerbittlich in die Heimat zurückgezogen worden.«

»Verdammt, da hast du recht«, sagte Ardan. »Warum habe ich nie so praktische Ideen wie ihr Amerikaner?«

»Übrigens, macht euch bitte keine Sorgen um die Rückfahrt«, sagte Barbicane. »Maston ist sicher so kameradschaftlich und kommt uns holen. Das ist auch weiter gar nicht schwer. Die Kanone steckt ja noch in der Erde. Ist der Vorrat an Baumwolle und Stickstoff für die Schießbaumwolle vielleicht schon ausgegangen? Schließlich tritt auch der Mond bald wieder in den Zenit über Florida; in nur 18 Jahren und in genau der gleichen Position.«

»Und mit Maston werden auch unsere Freunde kommen: Elphiston, Blomsberry, Hauptmann Bilsby, der wackere Tom Hunter . . .«

Nicholl war ganz weinerlich zumute geworden.

Woher kam diese deutlich zunehmende Überreizung? Beeinflußte der Mond, von dem sie nur noch wenige Stunden entfernt waren, die Gehirntätigkeit und das Nervensystem?

Ihre Gesichter waren inzwischen rot angelaufen, als ständen sie vor einem Hochofen. Ihr Atem ging schneller, und ihre Lungen arbeiteten wie ein Blasebalg. Die Augen glänzten fiebrig, und über ihre Stimmen hatten sie die Kontrolle verloren. Die Worte platzten heraus wie Sektpfropfen. Die Bewegungen ihrer Glieder wurden zusehends fahriger. Seltsamerweise kam es ihnen selbst nicht zu Bewußtsein, daß sie von irgendeiner rätselhaften Macht immer stärker aufgeputscht wurden.

»Wenn mir niemand sagen will, wie wir wieder zurückkommen, möchte ich wissen, was wir auf dem Mond eigentlich suchen«, fragte Nicholl mit finsterem Gesicht.

»Was weiß ich?« brüllte Barbicane ihn an.

»Was, du weißt es nicht?« rief Michel Ardan mit weinerlichem Ton. »Ihr wißt es beide nicht? Um Gotteswillen, von wem sollen wir es denn dann erfahren?«

»Ich habe keinen Schimmer«, heulte Barbicane.

»Halt. Jetzt weiß ich es wieder!« rief Michel.

»Sagen Sie es! Schnell! Verdammt, sagen Sie's doch endlich!« schrie Nicholl und packte ihn an den Schultern. »Bevor Sie es wieder vergessen!«

»Ich sage es, wenn es mir paßt«, blökte Michel den Kapitän an.

»Ich werde dir eine verpassen, daß die Kabine raucht!« schrie Barbicane, rot angeschwollen, mit erhobener Faust. »Du hast uns zu dieser fürchterlichen Reise verlockt, und wir wollen wissen, warum!«

»Wenn ich schon nicht weiß, wohin ich fahre«, sagte der Kapitän, »will ich wenigstens wissen, *wozu*!«

»Wozu?« schrie Michel und ging in die Luft. »Um im Namen der Vereinigten Staaten den Mond als 40. Staat zu besetzen! Um die Mondlandschaft zu bevölkern und zu bewirtschaften, um alle Wunder der Kunst, Wissenschaft und Industrie dort oben einzuführen! Und falls die Seleniten nicht zivilisierter als wir sind, dann müssen wir sie zivilisieren, demokratisieren, republikanisieren!«

»Und wenn es aber deine verdammten Seleniten nicht gibt?«

»Kapitän«, zischte der Franzose, »wenn ich mich einen Ignoranten nenne, schön und gut. Aber wenn *Sie* unverschämt werden wollen, schlag ich Ihnen alle Zähne aus der Fresse!«

Schon wollten beide aufeinander losstürzen und ihre Diskussion mit anderen Mitteln fortführen, da war Barbicane mit einem Satz zwischen ihnen.

»Stop«, rief er und riß sie auseinander. »Haben wir die Seleniten nötig?«

Darauf gab es eine kurze, verblüffte Pause.

»Recht hat er«, rief Michel, »was brauchen wir Seleniten? Nieder mit ihnen!«

»Der Mond gehört uns!«

»Gründen wir eine Republik!«

»Das Parlament bin ich!«

»Und ich bin der Senat!«

»Und Barbicane wird Präsident!«

»Nur die Nation kann den Präsidenten wählen«, gab Barbicane mit unsicherer Stimme zu bedenken.

»Diesmal wählt dich das Parlament«, rief Michel, »und ich wähle dich daher einstimmig.«

Präsident und Senat stimmten jetzt einen schauerlichen Yankee-doodle an, während das Parlament mit einer lautfalschen Marseillaise nachzog. Dazu tanzten sie eine wilde Polonaise und warfen sich gegen die gepolsterten Wände ihrer Lederzelle, als seien sie von Sinnen. Diana sprang zwischen ihnen umher, und irgendetwas begann mit den Flügeln zu schlagen und zu krähen: wie tollwütige Fledermäuse prallten fünf, sechs Stück Geflügel gegen die Wände und Menschen.

Aus unerklärlichen Gründen funktionierten die Lungen der drei Mondfahrer nicht mehr richtig; wie im Vollrausch fielen die drei zu Boden, ätzend drang die Luft in ihre Bronchien.

8

Allein durch Michels Nachlässigkeit war diese Betäubung verursacht worden; zum Glück konnte Nicholl gerade noch rechtzeitig das Schlimmste verhindern. Ein paar Minuten nach dem Ohnmachtsanfall kam er wieder zur Besinnung, und obwohl er vor zwei Stunden gefrühstückt hatte, überfiel ihn ein Hunger, als habe er seit Tagen nichts gegessen. Seine Gehirn- und Magennerven waren in höchstem Grade überreizt.

Er stand auf und verlangte nach einem zweiten Frühstück. Michel rührte sich nicht. Als Nicholl daraufhin selbst Tee aufbrühen wollte und ein Streichholz entzündete, brannte der Schwefel so gleißend hell, daß seine Augen schmerzten. Auch aus dem Gashahn schoß die Flamme wie ein elektrischer Lichtbogen hervor.

»Zuviel Sauerstoff!« zuckte es Nicholl durchs Gehirn.
»Wir verbrennen von innen heraus!«

Da begriff der Kapitän. Die physiologischen Störungen und das intensive Licht hatten eine gemeinsame Ursache: Sauerstoff!

Das farblose, geschmack- und geruchlose Gas strömte reichlich aus dem Sauerstoffgerät — Michel hatte den Hahn aus Versehen zu weit geöffnet. Nicholl drosselte die übergroße Oxygenzufuhr rasch ab. Die Kabinenluft war bereits so stark mit Sauerstoff gesättigt, daß die Mondfahrer nicht mehr lange zu leben gehabt hätten, wenn Nicholl nicht auf den Fehler gekommen wäre. Sie hätten einen besonderen Tod gefunden: nicht durch Ersticken, sondern durch innere Verbrennung.

Eine Stunde später, nachdem der Sauerstoffüberschuß etwas zurückgegangen war, funktionierten die Lungen wieder normal. Nach und nach kamen die drei Freunde wieder voll zu Bewußtsein, mußten aber ihren Gasrausch erst einmal ausschlafen, wie Betrunkene ihren Schnapsdampf.

Michel Ardan war nicht mal sonderlich gerührt, als er hörte, daß er an diesem Zwischenfall schuld sei. Schließlich habe der unfreiwillige Rausch die Eintönigkeit der Reise unterbrochen, erklärte er, und die Beleidigungen, die man sich dabei an den Kopf geworfen hätte, seien doch ein interessantes Phänomen gewesen.

»Ehrlich gesagt, ich bereue nicht, daß ich dieses Kopfgas eingeatmet habe. Das hat mich auf eine gute Idee gebracht. Man könnte doch eine Sauerstoffanstalt gründen, in der Leute mit labiler Konstitution, Phlegmatiker, zu größerer Aktivität angefeuert werden. Stellt euch mal Versammlungen oder Theater vor, in denen sauerstoffgesättigte Luft herrscht. Zu welchen Leidenschaften würden sich Schauspieler und Zuschauer hinreißen lassen! Ach was, ganzen Völkern könnte man solche Sauerstoffrezepte verpassen, damit sich ihre Aktivität bis ins Unermeßliche steigert! Aus einer müden, heruntergekommenen Nation könnte man vielleicht ein Volk von kräftigen Sportlern machen. Ich kenne bei uns in der Alten Welt mehr als einen Staat, dem eine solche Spezialbehandlung nicht schaden würde.«

Michel entwickelte diese Ideen derart aufgedreht, daß die anderen nochmals nach dem Sauerstoffregler sahen.

»Komplizierte Gedanken«, sagte Barbicane, »mich interes-

54

siert etwas viel Einfacheres: was waren das vorhin für Hühner?«

»Ich kenne keine Hühner«, antwortete Michel.

Aber die Hühner erwachten jetzt aus ihrem Gasrausch und begannen sich zu räkeln und zu plustern.

»Mistviecher«, rief Michel. »Der Sauerstoff hat euch verräterisch gemacht!«

»Was hast du mit diesem Hühnervieh vor?« fragte Barbicane.

»Auf dem Mond ansiedeln, verflucht nochmal, das habe ich damit vor!«

»Warum versteckst du's dann?«

»Weil ich euch überraschen wollte! Weil ich auf dem Mond die Tierchen heimlich laufen lassen wollte, und dann hätte ich eure dummen Gesichter sehen mögen, wenn da oben irdische Hühner nach Mondkörnern gescharrt hätten! Was glaubst du, weshalb ich mit Nicholl so sicher um 100 Dollar gewettet habe?«

»Ein ewiger Spinner«, sagte Barbicane. »Dir braucht nicht erst Sauerstoff in den Kopf zu steigen. Du bist auch so schon verrückt!«

Von der Theorie kamen die Mondfahrer wieder zur Praxis, räumten die Kabine auf und sperrten Hennen und Hahn in ihre Kisten. Während dieser Arbeit stießen sie auf ein ungewöhnliches Phänomen, das sie sich erst nach einiger Überlegung erklären konnten.

Seit dem Abschuß hatte die Schwere der Kapsel samt den Mondfahrern und Instrumenten kontinuierlich abgenommen. Zwar ließ sich der Schwereverlust der Masse des Projektils selbst nicht registrieren, aber die Insassen mußten zu einem bestimmten Zeitpunkt an sich selbst und den Einrichtungsgegenständen die Wirkung der Gewichtsabnahme spüren.

Eine gewöhnliche Waage hätte freilich überhaupt nichts angezeigt, weil die Schwere der Gegengewichte genauso abgenommen hätte wie die Schwere des Testgegenstandes; nur eine Schnellwaage konnte den Schwerkraftsschwund anzeigen, da ihre Feder unabhängig von jeder Anziehungskraft funktioniert.

Es ist bekannt, daß sich die Anziehungskraft proportional zu den Massen und umgekehrt proportional zum Quadrat

der Entfernung verhält. Hätte es keine anderen Himmelskörper gegeben, wäre die Erde also allein im Raum gewesen,
so hätte das Projektil nach Newtons Gravitationsgesetz
desto mehr an Gewicht verloren, je mehr es sich von der
Erde entfernte. Das Projektil wäre aber nie vollkommen
gewichtslos geworden, weil eben die Erdanziehung als einzige auch auf große Distanz noch gewirkt hätte.

Auf der Bahn zwischen Erde und Mond nahm die auf das
Projektil wirkende Erdanziehung im Quadrat der Entfernung zur Erde ab, während die Anziehung des Mondes entsprechend zunahm. Das Projektil mußte daher zwangsläufig
einen Punkt erreichen, an dem es jede Schwere verlor, weil
sich beide Anziehungskräfte gegenseitig aufhoben. Besäßen
Erde und Mond die gleiche Masse, dann läge dieser Punkt
exakt auf der Mitte der gedachten Linie Erde/Mond. Es
ließ sich ohne Schwierigkeiten errechnen, daß dieser Punkt
entsprechend dem Unterschied der Massen nach $^{47}/_{52}$ der Ge-
samtstrecke passiert werden mußte, also nach einer Reise
von 346 826 km. Ein Körper ohne eigene Bewegungsenergie
oder Antriebskraft müßte an diesem Punkt verharren, von
beiden Gestirnen gleichmäßig angezogen, sofern er nicht
von einer dritten Kraft beeinflußt würde.

Falls die Beschleunigung des Projektils richtig berechnet
war, mußte seine Geschwindigkeit an diesem Punkt nahezu
auf Null herabsinken, und gleichzeitig mußte jede erkenn-
bare Schwerkraft verschwinden.

Dann gab es drei Möglichkeiten:

1. Das Projektil besitzt noch Eigengeschwindigkeit, dann
überwindet es die kräftefreie Zone und gerät ins Schwerefeld des Mondes, um schließlich auf den Mond zu fallen.

2. Die Geschwindigkeit reicht nicht aus, um dem Anziehungsbereich der Erde zu entkommen. Dann muß das Projektil auf die Erde zurückfallen.

3. Die Antriebskraft beförderte es zwar bis zum neutralen
Punkt, aber nicht mehr darüber hinaus. Dann mußte es be-
wegungslos an dieser Stelle stehenbleiben, wie das Grab
Mohammeds zwischen Zenit und Nadir.

Barbicane erläuterte diese möglichen Risiken der Mondreise, und seine Kameraden hörten interessiert zu. Sie hatten die Sache mit der völligen Schwerelosigkeit rasch begrif-

fen, und es fiel ihnen allmählich schon auf, wie sich die Gewichte von Stunde zu Stunde verringerten. Plötzlich, gegen elf Uhr morgens, blieb ein Glas, das Nicholl normalerweise aus der Hand gefallen wäre, in der Luft schweben.

»Endlich was Witziges an der ganzen Physik!« rief Michel Ardan.

Auch andere Gegenstände, Flaschen, Aschenbecher und Pistolen rührten sich nicht von der Stelle, an der man sie losgelassen hatte. Michel demonstrierte wie ein Varietékünstler das berühmte Schwebewunder am lebenden Objekt: während Artisten wie Gaston und Robert Houdin seinerzeit mit Täuschungen und Tricks arbeiten mußten, brauchte er Diana nur einmal anzuheben, dann blieb das Tier in der Luft hängen — was ihm offensichtlich gar nicht bewußt wurde.

Als die sonst so unerschrockenen Mondfahrer das Phänomen der Schwerelosigkeit am eigenen Körper erfuhren, waren sie trotz der Möglichkeit, die Erscheinung rational zu bewältigen, überrascht, ja bestürzt. Ein ausgestreckter Arm sank nicht mehr herunter, und die Köpfe saßen nicht mehr so fest auf den Schultern wie zuvor. Selbst die Füße blieben nicht allein auf dem Boden. Wie Betrunkene schwankten die Freunde. Die Theatereffekte der Oper hatten lediglich Menschen ohne Schatten hervorgebracht; der Mensch ohne Gewicht, der bisher unvorstellbar gewesen war und den sie jetzt vorstellten, entstammte einer Aufführung der Natur.

Michel sprang plötzlich in die Luft und kam aus dem Staunen nicht mehr heraus: »Was hätte Raffael für eine Himmelfahrt darstellen können, mit uns als Modellen!«

»Lange werden wir nicht mehr himmelfahren«, sagte Barbicane. »Hinter dem neutralen Punkt wird uns der Mond zu sich herabziehen.«

»Kleben unsere Füße dann an der Decke?« fragte Michel.

»Nein«, antwortete Barbicane, »das Projektil wird sich um seine Querachse drehen, weil sein Schwerpunkt unten liegt.«

»Soll das heißen, daß sich unsere ganze Einrichtung auf den Kopf stellt?«

»Nur die Ruhe, Freund. Das Projektil dreht sich ganz unmerklich. Kein Gegenstand rückt von der Stelle. Sobald wir über die schwerelose Zone hinaus sind, wird unser Boden als schwerster Teil des Projektils auf den Mond zeigen.«

»Wißt ihr, was die christlichen Seefahrer machen, wenn sie den Äquator passieren?« fragte Michel. »Wir wollen diesen Äquator der Gravitation begießen!«

Er stieß sich zur Seite ab und landete an der gefütterten Wand, in der die Getränke aufbewahrt wurden. Flaschen und Gläser stellte er vor seine Kameraden in die Luft. Man stieß an und wünschte sich lauthals Glück.

Bereits nach einer knappen Stunde machten sich die ersten Anzeichen der Mondanziehung bemerkbar, denn die Touristen fühlten sich leicht wie eine Feder zum Kabinenboden hinabsinken. Barbicane glaubte zu beobachten, wie sich die konische Spitze des Projektils vom Mond abwandte; die Mondanziehung war stärker geworden als die Erdanziehung. Der Fall zum Mond hatte begonnen, allerdings fast ganz unmerklich: $0,3$ mm/sec. Bald aber würde die zunehmende Anziehungskraft den Fall deutlicher machen und das Projektil mit der Spitze zur Erde immer schneller dem Mond entgegenrasen lassen. Damit war der Erfolg der Reise gesichert. Die drei brachen in Jubel aus und redeten über alle möglichen Phänomene, die mit der Aufhebung der Schwerkraft zusammenhingen. Michel dachte sich, wie immer, die phantastischsten Konsequenzen aus.

»Was für ein Fortschritt wäre es, wenn sich die Menschheit der Schwerkraft entledigen könnte, die sie an die Erde fesselt! Wie befreite Gefangene! Arme und Beine nie mehr müde, und wir könnten nach Lust und Laune in den Weltraum fliegen . . .«

»Gut, schön«, meinte Barbicane. »Nur bleibt dann auch kein Stein mehr auf dem anderen, mein Lieber. Dein Hut macht sich selbständig, dein Haus löst sich in Hohlblöcke und Mörtel auf, und alle Schiffe draußen führen einen Veitstanz auf, weil keine Schwere sie mehr stabilisiert. Das Meer selbst gerät aus den Fugen und zu guter Letzt verschwindet unsere Atmosphäre auf Nimmerwiedersehen im Weltraum, weil ihre Moleküle keinen Zusammenhalt mehr haben.«

»Das täte mir dann allerdings leid«, antwortete Michel. »Daß ihr Positivisten immer so brutal deutlich werden müßt!«

*Dann kam der Augenblick der Schwerelosigkeit –
ach, hätte Raffael das noch erleben können!*

»Der Positivismus kann dich wenigstens ein bißchen trösten«, sagte Barbicane. »Er bringt dich in den nächsten
Stunden immerhin auf ein Gestirn, dessen Schwerkraft viel
geringer ist als die der Erde. Auf der Mondoberfläche sind
alle Gegenstände 6mal leichter als bei uns. Also nicht nur
immer auf den Positivismus schimpfen, ja?«

9

Alle Sorgen Barbicanes waren nach der Frage der Über-
windung des schwerelosen Punktes wie weggeblasen. Jetzt
begann er sich allmählich über ihre Ankunft, ihren Aufprall
auf dem Mond Gedanken zu machen. Die Anziehungskraft
des Mondes verwandelte ihre weitere Fahrt in einen Sturz
aus 36 834 km Höhe. Es war höchste Zeit, sich um die
Bremsvorrichtungen zu kümmern. Den starken Aufprall
wollte man auf doppelte Weise mildern: einmal, indem der
Fall verzögert wurde, zum anderen sollte der unmittelbare
Aufschlag gedämpft und abgefedert werden.
Zu Barbicanes großem Leidwesen waren die Wasserstoß-
dämpfer, die den Stoß beim Abschuß erfolgreich aufgefan-
gen hatten, nicht mehr brauchbar. Die Zwischenwände der
Wasserkammern existierten zwar noch, aber das Wasser
fehlte. Trinkwasservorräte wollte man unbedingt aufheben
für den Fall, daß man in den ersten Tagen auf dem Mond
kein Wasser fände; außerdem hätte dieser Vorrat die Wasserkammern auch gar nicht hinreichend füllen können.
6 m^3 Wasser mit einem Gewicht von 6000 kg hatten bei der
Abfahrt eine Fläche von 5,7 m^2 in einer Höhe von 1,25 bedeckt, während die Trinkwasserbehälter nur $^1/_5$ dieser Menge enthielten. Diese Möglichkeit schied also aus.
Zum Glück hatte Barbicane die bewegliche Bodenscheibe so
konstruieren lassen, daß sie auch nach der Zertrümmerung
der Wasserkammern noch funktionsfähig blieb, denn sie
war durch Federn und Puffer gesichert. Damit konnte der
Stoß beim Aufsetzen wenigstens einigermaßen gedämpft
werden. Die Puffer waren heilgeblieben, man brauchte sie

nur wieder einzubauen und die bewegliche Scheibe in Ausgangslage zu bringen.

Seit dem Moment der Schwerelosigkeit hatte das Gewicht der Gegenstände kaum zugenommen, so daß sich alle Puffer, Schrauben und Werkzeuge leicht handhaben ließen. Auch die Scheibe war im Nu wieder eingebaut, bald ruhte sie wie ein Tisch auf ihren stählernen Federbeinen. Allerdings war nun der Zugang zum unteren Fenster versperrt, so daß die Mondfahrer den Mond nicht mehr frontal beobachten konnten. Aber in derartiger Mondnähe reichten die Seitenluken aus, um die ungeheure Landschaft zu überblicken.

Als Barbicane gegen 11 Uhr mittags die Neigung des Projektils überprüfte, stellte er zu seinem Schrecken fest, daß die Längsachse nicht auf den Mond zeigte; die Bahn des Projektils schien eine gekrümmte Linie parallel zur Mondscheibe zu beschreiben. Hell strahlte das Nachtgestirn im Raum, vom Tagesgestirn auf der entgegengesetzten Seite beleuchtet.

Wieder schien die Situation beunruhigend.

»Werden wir auch wirklich ankommen?« fragte Nicholl.

»Wir müssen einfach ankommen!« antwortete Barbicane.

»Ihr Angsthasen«, sagte Ardan. »Wir sind da, und zwar schneller als uns lieb ist.«

Barbicane ließ sich von dieser Zuversicht anstecken und begann, die Bremsvorrichtungen zu inspizieren.

Erinnern wir uns noch einmal an das Meeting in Tampa-Town. Nicholl hatte sich gegen Barbicane und Michel Ardan stark gemacht und behauptet, das Projektil werde beim Aufschlag wie Glas zersplittern, während Ardan ihnen entgegenhielt, man könne den Fall durch genau dosierte Raketenladungen abbremsen. Der Gedanke war richtig. Der Rückstoß von Raketen am Bodenstück mußte den Sturz verzögern. Die Raketen konnten im luftleeren Raum gezündet werden, da ihr Treibsatz selbst den nötigen Sauerstoff für die Verbrennung enthielt.

Die Raketen, die Barbicane selbst besorgt hatte, steckten in kleinen Stahlröhren, die man in das Bodenstück des Projektils einschrauben konnte. Auf der Innenseite der Kabine schlossen die Röhren mit dem Boden ab; außen ragten sie

15 cm hervor. Durch eine Öffnung in der Scheibe waren die Zünder der 20 Raketen zu erreichen. Es mußten nur noch die Verschlußbolzen am Bodenstück herausgenommen und die bereits geladenen Röhren dafür eingesetzt werden. In drei Stunden war auch diese Arbeit erledigt.

Inzwischen konnte man mit bloßem Auge erkennen, wie das Geschoß dem Mond näherkam. Zwar wurde es vom Mond angezogen, aber die noch weiterwirkende Eigenbewegung brachte es auf eine schiefe Bahn. Auch wenn sich beide Kräfte schließlich in einer Tangentenbahn ausgleichen würden, träfe das Projektil auf keinen Fall senkrecht auf die Mondoberfläche, denn sein Schwerpunkt zeigte noch immer nicht dorthin.

Barbicane mußte sich eingestehen, daß die Bahn des Projektils nicht seiner Vorstellung von Gravitationsgesetzen folgte. Er sah sich einer dritten, unbekannten Kraft ausgeliefert. Er, der Wissenschaftler, hatte für die Bahn des Projektils nur drei Möglichkeiten vorgesehen: Rückkehr zur Erde, Sturz auf den Mond oder Verharren auf dem neutralen Punkt. Aber hier schien sich eine vierte Möglichkeit aufzuzeichnen, die alle Schrecken der Unendlichkeit barg. Man mußte schon so kaltblütig sein wie Barbicane, so phlegmatisch wie Nicholl und so tollkühn wie Michel Ardan, um bei solchen Aussichten nicht den Kopf zu verlieren.

Normale Menschen hätten das Problem auf seine praktischen Konsequenzen hin erörtert und sich gefragt, wohin das Projektil sie entführen würde. Die drei dagegen wollten nur die Ursache wissen.

»Ich habe einfach den Verdacht«, sagte Nicholl, »daß die Columbiade trotz aller Vorsichtsmaßnahmen von euch Kanonengießern eben nicht exakt justiert worden ist. Eine winzige Differenz genügt ja, damit wir am Schwerefeld des Mondes vorbeifliegen.«

»Amerikas berühmteste Visierspezialisten und Scharfschützen hätten versagt?« fragte Ardan.

»Völlig ausgeschlossen«, antwortete Barbicane. »Die Kanone war präzis nach der Vertikalen justiert, genau auf den Zenit.«

»Vielleicht sind wir zu spät dran«, sagte Nicholl. »Nach den Berechnungen müssen wir die Fahrt in genau 97 h 13 min

20 sec hinter uns gebracht haben. Das aber heißt: sind wir früher dran, ist der Mond noch nicht in der vorgesehenen Position. Und wenn wir uns verspäten, ist er nicht mehr an der berechneten Stelle.«

»Richtig«, antwortete Barbicane. »Aber wir sind pünktlich abgeschossen worden und müssen am 5. Dezember um Mitternacht, gerade bei Vollmond, ankommen. Heute ist der 5. Dezember. Jetzt ist es 15.30 Uhr, und in 8 h 30 min sind wir auf dem Mond. Wo steckt denn der Fehler?«

»Vielleicht sind wir zu schnell? Wir wissen ja inzwischen, daß unsere Anfangsgeschwindigkeit höher war als berechnet.«

»Nein — nein — nein!« rief Barbicane. »Wenn die Richtung stimmt, dann müßten wir trotz überhöhter Geschwindigkeit den Mond erreichen. Vergleichen Sie die Zeit bis zum Nullpunkt der Kräfte! Wir sind eben vom Kurs abgewichen!«

»Barbicane«, fragte Michel Ardan, »willst du wissen, was ich zu alldem zu sagen habe?«

»Bitte.«

»Es ist mir scheißegal! Wir sind eben nicht mehr auf der Bahn. Wohin es jetzt auch gehen mag, das kratzt mich wenig. Kommt Zeit, kommt Rat. Wenn wir in den Weltraum hineingekommen sind, werden wir auch wieder herauskommen!«

Das Projektil änderte ununterbrochen die Lage seitlich zum Mond, und die hinausgeworfenen Gegenstände machten jede Bewegung mit. Der Trabant stand nun keine 8000 km mehr entfernt; mit Hilfe einiger Orientierungspunkte auf der Mondoberfläche stellte Barbicane fest, daß ihre Geschwindigkeit unverändert war. Die Energie der eigenen Bewegung übertraf also immer noch die Mondanziehung, obwohl sich das Projektil zweifellos dem Mond näherte, so daß die Hoffnung wuchs, die Mondschwerkraft werde dominieren und die Fahrt schließlich in einen Fall verwandeln.

Es gab jetzt nichts zu tun; die Mondfahrer schauten zu den Luken hinaus wie Obergefreite ohne Beschäftigung. Von der Topographie des Trabanten war kaum etwas auszumachen, da die Reflexe der Sonnenstrahlen alle Konturen verwischten.

Bis 20 Uhr starrten sie hinaus. In der Zwischenzeit verdeckte der Mond nun schon die Hälfte des sichtbaren Firmaments, und die Sonne auf der anderen Seite tauchte das Projektil in helles Licht.

Barbicane schätzte die Entfernung zu ihrem Ziel jetzt auf nur noch 2800 km und die Geschwindigkeit auf 200 m/sec, was 720 km/h entsprach. Gleichzeitig schien es ihnen, als neige sich das schwere Bodenstück unter dem Einfluß der Zentripetalkraft immer wieder dem Mond zu; in Wirklichkeit hielten sich Zentripetal- und Zentrifugalkraft die Waage. Wahrscheinlich begann die bisher geradlinige Bahn sich allmählich zu krümmen. Ihr Verlauf blieb aber ungewiß. Barbicane grübelte weiterhin über eine Lösung. So vergingen die Stunden, und das Projektil kam dem Mond merklich näher. Aber es war nicht mehr wahrscheinlich, daß es ihn erreichen würde. Das Verhältnis der Fliehkraft des Projektils zur Mondanziehung würde den kürzesten Abstand beider Körper voneinander bestimmen.

»Ich will ja nur eines«, sagte Michel Ardan mehrmals: »so nahe an den Mond herankommen, daß er seine Geheimnisse preisgeben muß.«

»Wären wir doch nie diesem elenden Boliden begegnet«, sagte Barbicane plötzlich in einem Ton, der die anderen aufhorchen ließ.

»Bitte nochmal«, sagte Nicholl.

»Ich glaube«, sagte Barbicane, »daß dieser Bolid uns auf die schiefe Bahn gebracht hat.«

»Aber er hat uns doch nicht einmal angetippt!« rief Michel.

»Das hat nichts zu sagen. Seine Masse war bei weitem größer als die unseres Projektils, und ihre Anziehungskraft genügte, um uns von der ursprünglichen Richtung abzubringen.«

»So eine Lappalie hat genügt!?«

»Es mag läppisch gewesen sein, Nicholl, aber auf unsere Bahnlänge wirkt es sich eben so aus, daß wir den Mond nicht erreichen werden. Wir fliegen daran vorbei.«

Barbicane schien recht zu haben. An einem zufälligen winzigen Umstand scheiterte das Unternehmen — es sei denn, er ließe sich rückgängig machen. Zunächst beschäftigte man sich mit der Frage, ob man sich dem Mond wenigstens so weit nähern würde, daß man einige physikalische und geologische Fragen klären könnte. Um den Gedanken an ihr eigenes Schicksal drückten sich die drei Astronauten herum. Was sollte in dieser unendlichen Einsamkeit aus ihnen werden, wenn ihre Aktivität einmal nachließ? Schon nach wenigen Tagen waren sie dem sicheren Tode ausgeliefert; aber diese wenigen Tage konnten für die unerschrockenen Männer auch Jahrhunderte bedeuten. Jede Sekunde verbrachten sie mit Beobachtungen des Mondes. Die Hoffnung, ihn zu betreten, war aufgegeben. Das Projektil war dem Trabanten jetzt schätzungsweise bis auf 800 km nahe gekommen. Auf diese Distanz konnten sie Einzelheiten mit bloßem Auge nicht einmal so gut erkennen wie Erdbewohner mit starken Teleskopen. Topographische Details sahen sie nur verschwommen. Die Umrisse der unermeßlichen Vertiefungen, die man fälschlicherweise »Meere« genannt hatte, waren auszumachen. Über ihre geologische Struktur konnte man aber nichts Bestimmtes sagen. Die Umrisse der Berge verschwammen im Sonnenlicht, das den Blick unweigerlich ablenkte.

Jetzt offenbarte der Mond auch seine längliche Gestalt. Er zeigte sich als ein riesenhaftes Ei, das der Erde die Spitze zukehrte. Im flüssigen Stadium hatte er eine reine Kugelgestalt besessen, die sich in Folge der Erdanziehung verformte. Sein Schwerezentrum stimmt nicht mehr mit dem Mittelpunkt des Körpers überein. Dieses Phänomen veranlaßte übrigens einige Wissenschaftler zu dem Schluß, Luft und Wasser hätten sich auf der erdabgewandten Mondseite angesammelt.

Der Abstand vom Mond verringerte sich nun sehr rasch, und doch schlich das Projektil im Vergleich zur Anfangsgeschwindigkeit. Seine Achse stand weiterhin schräg zum Mond. Aber Michel Ardan ließ sich die Hoffnung auf eine Landung nicht nehmen und versicherte ununterbrochen, er sei fest entschlossen, den Mond noch zu betreten. Barbicane mußte gegen ihn mit harter Logik auffahren:

»Hör gut zu, Michel. Den Mond können wir nur durch Fallen erreichen. Wir fallen aber nicht. Wir kreisen wie ein Schleuderball drum herum, von der Schwerkraft angezogen und von der Fliehkraft wieder abgetrieben.«

Und dieser nüchterne wissenschaftliche Ton endlich brachte Michel Ardan zum Schweigen.

Inzwischen hatten sie sich der nördlichen Hälfte des Mondes genähert. Im Gegensatz zu Erdkarten stellen Mondkarten die wirklichen Richtungen meist auf den Kopf, weil sie nach den verkehrten Projektionen der Teleskope gezeichnet wurden. Auch auf Barbicanes Mädlerscher Mondkarte waren ausgedehnte Ebenen eingezeichnet, wo in Wirklichkeit Gebirge lagen.

Pünktlich um Mitternacht trat Vollmond ein. Nach dem Plan hätten die drei jetzt landen müssen. Die Berechnungen des Cambridger Observatoriums stimmten genau. Mathematisch gesehen, befand sich der Mond in größter Erdnähe und im Zenit des 28. Breitengrades. Vom Boden der Columbiade aus hätte man ihn sehen können, eingerahmt von der Kanonenmündung. Die verlängerte Seelenachse des Geschützes hätte genau ins Mondzentrum getroffen.

Barbicane, Nicholl und Ardan konnten in dieser Nacht freilich kein Auge zutun ... Alle ihre Sinne vereinigten sich in einem: schauen und aufnehmen. Sie waren sich bewußt, daß sie als erste Menschen der Erde für die gegenwärtigen und vergangenen Geschlechter in die Geheimnisse des Erdtrabanten eindrangen. Diese Erfüllung lag schwer in ihnen und ließ sie schweigend von einer Luke zur anderen gleiten. Barbicane trug alle seine Beobachtungen genau ein und kontrollierte sie an Hand der Mondkarten.

Der erste bedeutende Mondforscher war Galilei. Trotz seines nur 30fach vergrößernden primitiven Fernrohrs erkannte er die Flecken, womit die Mondscheibe »wie der Pfauenschwanz mit Augen« übersät ist, und deutete sie als Gebirge. Deren Höhe schätzte er auf ein Zweihundertstel des Mondradius – also 8800 m –, was kräftig übertrieben war. Karten hinterließ er nicht.

Die erste Mondkarte verdanken wir dem Danziger Astronom Hevelius, der die Gebirgshöhe auf den 260. Teil des Mondhalbdurchmessers veranschlagte. Das war wiederum untertrieben. Die hellen Flecken zeichnete er als Ringgebirge und die dunklen Flecken als Meere, — in Wahrheit sind sie nur Ebenen. Bergen und Gewässern gab er einfach Namen aus der irdischen Geographie. Mitten in einem Arabien sieht man einen Sinai, einen Ätna in einem Sizilien, und natürlich fielen ihm auch Alpen, Apenninen, Karpaten, ein Mittelländisches, Schwarzes, Kaspisches und Marmara-Meer ein. All diese Namen paßten sehr schlecht. In einem großen weißen Flecken z. B., der im Süden an ausgedehnte Kontinente stößt und in einer Spitze ausläuft, könnte man nur mit sehr viel Phantasie das umgedrehte Bild Indiens, des Golfs von Bengalen und Indochinas erkennen. Man hat die Namen dann auch nicht beibehalten.

Im Vertrauen auf die menschliche Eitelkeit schlug der Mondkartograph Pater Riccioli eine Umbenennung vor: seine plump und fehlerhaft gezeichnete Karte enthielt Mondgebirge mit den Namen berühmter Männer der Antike und der Neuzeit.

Eine dritte Mondkarte entwarf Domenica Cassini im 17. Jahrhundert; zwar ist sie sorgfältiger gezeichnet, aber auch ihre Maßangaben sind noch ungenau. Es erschienen einige Drucke davon, auch mit Änderungen, aber schließlich wurde die lange aufbewahrte Platte doch verschrottet.

Der berühmte Mathematiker und Zeichner La Hire entwarf eine 4 m lange und breite Mondkarte, die allerdings nie gestochen wurde. Nach ihm machte sich der deutsche Astronom Tobias Mayer um die Mitte des 18. Jahrhunderts an die Veröffentlichung einer bemerkenswerten Mondkarte, deren Maßangaben er genauestens nachgeprüft hatte. Durch seinen Tod im Jahr 1762 blieb sein Werk unvollendet. Nach Mayer sind noch Schröter aus Bremen und Lohrmann aus Dresden zu erwähnen, die zahlreiche Skizzen und Einzelheiten hinterlassen haben.

Im Jahr 1830 stellten dann Beer & Mädler ihre bekannte *mappa selenographica* nach der orthographischen Projektion her. Diese Karte bildet die Mondscheibe genauso ab, wie sie uns erscheint; ganz korrekt sind aber nur die Darstellungen der Gebirge und Ebenen im mittleren Teil.

Dennoch ist diese fast 1 m² große Karte das einzige brauchbare Standardwerk der Mondforschung.

Daneben sind noch die Reliefkarten des deutschen Astronomen Julius Schmidt zu nennen, die topographischen Arbeiten des Pater Secchi, die bedeutenden Versuche des englischen Amateurs Waren de la Rue und schließlich die Karte von Lecouturier und Chapuis, die 1860 nach der orthographischen Projektion entworfen und sehr sauber und exakt ausgeführt wurde.

Neben den Beer-Mädlerschen und Chapuis-Lecouturierschen Karten hatte Barbicane nautische Spezialfernrohre als Orientierungshilfen mitgenommen. Die konnten hundertfach vergrößern, den Mond also auf 3500 km an die Erde heranbringen. Mit diesen Instrumenten konnten die Mondfahrer, als sie um 3 Uhr morgens nur noch 120 km vom Mond entfernt waren, die Mondoberfläche bis auf 1200 Meter heranholen, zumal keinerlei Atmosphäre die Sicht beeinträchtigte.

II

Vom Mond singen sie alle, aber gesehen hat ihn noch keiner. Und Mondkarten kennt man erst recht nicht. Dabei läßt sich kaum etwas Interessanteres denken. Im Gegensatz zu Erde und Mars wird die südliche Mondhemisphäre von Kontinenten bedeckt, aber ohne die klaren und regelmäßigen Grenzlinien des irdischen Festlands. Auch in der Gestalt seiner Pole unterscheidet sich der Mond von der Erde. Sein Südpol ist weit stärker mit Festland besetzt als der Nordpol, der nur aus einem kleinen Landkäppchen besteht. Möglicherweise haben die Seleniten längst die Fahne auf ihren Polen aufgepflanzt, während die irdischen Polfahrten der Franklin, Ross, Kane, Dumont d'Urville und Lambert allesamt kläglich scheiterten.

Länglich oder kreisrund, wie mit dem Zirkel gestochen, sind die zahlreichen Inseln. Sie scheinen einen ungeheuren Archipel zu bilden, der sich am ehesten mit der mythenumrankten

Inselgruppe zwischen Kleinasien und Griechenland vergleichen läßt. Namen wie Naxos, Tenedos, Milo und Lesbos spuken unwillkürlich im Kopf herum, und die Augen suchen Odysseus' Floß und das Schiff der Argonauten. Michel Ardan fühlte sich, als fliege er über die Kykladen, während seine Gefährten diese Küsten mit Neu-Braunschweig und Neu-Schottland verglichen; an den gleichen Stellen, an denen der Franzose die homerischen Helden lustwandeln wähnte, prüften die Amerikaner das Gelände im Hinblick auf Handelsbüros und küstennahe Industrie.

Die orographische Struktur des Mondes kann man sehr deutlich nach Gebirgsketten, Einzelbergen, Ringgebirgen und Rillen unterscheiden. Der Boden ist ungeheuer zerklüftet, eine Schweiz von Riesenausmaßen, ein ununterbrochenes Norwegen. Diese zerrissene Oberfläche entstand zu einer Zeit, als das Gestirn noch nicht erkaltet war und seine Bodenrinde sich mehrmals faltete. Alle geologischen Erscheinungen kann man auf dieser Oberfläche studieren, und zwar viel besser als auf der Erde. Astronomen erklären dies so: die Mondoberfläche ist zwar älter als die Erdoberfläche, aber sie ist besser erhalten.

Weder haben Gewässer die ursprüngliche Bodengestalt verändert und nivelliert, noch hat die Luft mit zersetzenden Elementen die orographischen Konturen deformiert. Die plutonische Arbeit hat sich hier ohne den Einfluß neptunischer Elemente in ihrer ganzen Reinheit erhalten. Die Mondmeere erinnern nicht nur in Form, Lage und Aussehen an die irdischen Ozeane, sondern auch darin, daß sie den größten Teil der Oberfläche bedecken. Nur sind es eben keine Meere, sondern riesige Tiefebenen, deren Struktur die Mondfahrer nun näher bestimmen wollten. Die Astronomie hat diesen Scheinmeeren abenteuerliche Namen gegeben. Michel stand der Wissenschaft mit seiner eigenen topographischen Interpretation hierin nicht nach: die rechte Hemisphäre nannte er weiblich, die linke männlich. Barbicane und Nicholl zeigten sich von dieser Geschlechtsdifferenz wenig beeindruckt, aber ihr phantasievoller Freund taufte unbeirrt: zur Linken erstreckt sich das *Wolkenmeer*, das die Ratio des Mannes umnebelt, daneben zieht sich das *Regenmeer* hin, das sich aus Unordnung und frühen Leiden der Menschen speist. Im benachbarten *Meer der Stürme* ringt der Mann mit seinen Psychosen und Neurosen, die ihn ständig beherrschen, und schließlich, nach einer lebenslänglichen Irrfahrt, von Täuschungen, Depressionen und dem Elend gesellschaftlicher Widersprüche geplagt, sinkt er erschöpft am *Meer der Launen* nieder, einem salzigen Gewässer, kaum versüßt von einigen Tropfen aus dem *Tau-Golf*.

Die kleinen Meere der rechten Hemisphäre entsprachen, Michels Anthropologie gemäß, den Schicksalen der Frauen. Kaum hat sich das junge Mädchen dem *Meer der Heiterkeit* überlassen, sich selbstvergessen im *Meer der Träume* gespiegelt und sich von den zärtlichen Wellen des *Nektarmeeres* liebkosen lassen, wird es auch schon vom *Meer der Fruchtbarkeit* überspült und in das *Meer der Krisen* getrieben, das in das kleine *Meer der schlechten Laune* übergeht. Doch im *Meer der Seelenruhe* heben sich die enttäuschten Illusionen und vergeblichen Träume auf und finden in der *See des Todes* ihre letzte Ruhestätte.

Während Michel mit diesen Metaphern spielte, vermaßen die anderen deren Winkel und Diameter. Das *Meer der Wolken* war für sie nichts als eine unermeßliche Tiefebene mit zerklüfteten Ringgebirgen, die den östlichen Teil der Südhemisphäre weitgehend einnahm. Seine Fläche mißt 364 600 km², sein Mittelpunkt liegt auf dem 15. Grad südlicher Breite und dem 20. Grad westlicher Länge. Die größte Ebene der Mondscheibe, das *Meer der Stürme* (oceanus procellarum), bedeckt eine Fläche von 645 800 km² mit dem Mittelpunkt unter dem 10. Grad nördlicher Breite und dem 45. Grad östlicher Länge. Aus dieser Niederung ragten die strahlenförmigen *Kepler-* und *Aristarch*-Gebirge hervor. Im Norden, vom *Meer der Wolken* durch hohe Kettengebirge getrennt, schloß sich das fast kreisrunde *Regenmeer* (mare imbrium) an, mit dem Mittelpunkt unter 35 Grad nördlicher Breite und 20 Grad östlicher Länge und einer Fläche von 371 000 km². Nicht weit davon war das *Meer der Launen* (mare humorum) zu sehen, ein verhältnismäßig kleines Becken mit einer Fläche von 81 200 km² unter 25 Grad südlicher Breite und 40 Grad östlicher Länge, und am Ende dieser Hemisphäre zeichneten sich drei Golfe ab: der *Tropengolf*, der *Tau-Golf* und der *Regenbogen-Golf*, schmale

Einschnitte zwischen hohen Gebirgsketten. Die kapriziösere »weibliche« Hemisphäre wies zahlreichere, aber auch kleinere Gewässer auf; im Norden das *Frostmeer* (mare frigoris) unter 55 Grad nördlicher Breite und dem Längengrad o und mit einer Fläche von 149 500 km², südlich das *Meer der Heiterkeit* (mare serenitatis) unter 25 Grad nördlicher Breite und 20 Grad westlicher Länge mit 169 000 km² Fläche, das fast kreisrunde *Meer der Krisen* (mare crisium) unter 17 Grad nördlicher und 55 Grad westlicher Länge mit einer Fläche von 78 500 km². In Mondäquatornähe lag das *Meer der Ruhe* (mare tranquillitatis) mit einer Fläche von 239 000 km² unter 5 Grad nördlicher Breite und 55 Grad westlicher Länge. Daran grenzt im Süden das *Nektarmeer* (mare nectaris) mit einer Fläche von 56 800 km² unter 15 Grad südlicher Breite und 35 Grad westlicher Länge. Die größte Vertiefung dieser Mondhälfte liegt östlich davon: das *Meer der Fruchtbarkeit* (mare fecunditatis). Es bedeckt eine Fläche von 43 100 km² unter 3 Grad südlicher Breite und 50 Grad westlicher Länge. Noch weitere kleinere Meere fielen den Beobachtern auf: ganz im Norden das *Humboldt-Meer* (mare humboldtianum) mit 1280 km² und das *Meer des Südens* (mare australe) im Süden mit 51 100 km². In der Mondmitte zog sich beiderseits des Äquators und Nullmeridians der Golf der Mitte (*sinus medii*) wie ein Gedankenstrich zwischen beiden Hemisphären hin: So sahen Nicholl und Barbicane den Mond.

Das Projektil blieb weiterhin im Anflug auf den Nordpol und hatte das Mondzentrum weit hinter sich gelassen. Eine halbe Stunde nach Mitternacht schätzte Barbicane die Distanz, die gegen den Pol hin wieder abnehmen mußte, auf 1400 km. Das Fernrohr verringerte diese Entfernung auf 14 km. Zwar brachte das Rocky-Mountains-Teleskop den Mond näher heran, aber die Erdatmosphäre schwächte die Lichtstärke derart, daß Barbicane mit Hilfe seiner Lorgnette Einzelheiten wahrnehmen konnte, die den Astronomen dort unten verborgen blieben.

»Freunde«, sagte der Präsident, »wohin es geht, weiß ich nicht, und ob wir die Erde jemals wiedersehen, weiß ich noch viel weniger. Aber wir wollen so handeln, als nütze unsere Arbeit der ganzen Menschheit. Als Astronomen können wir uns keinerlei Befangenheit leisten. Unsere Kabine ist nichts anderes als ein ins All verlegtes Außeninstitut der Cambridger Sternwarte. Also: an die Okulare!«

Mit jeder neuen Position wechselte auch der Beobachtungsraum auf dem Mond. Nachdem die Kapsel den 10. Breitengrad passiert hatte, schien ihre Bahn genau dem 20. Grad östlicher Länge zu folgen. Anfangs war es für die Mondfahrer nicht leicht gewesen, sich mit den Mondkarten exakt zu orientieren. Norden und Süden sind, wie schon gesagt, vertauscht, so daß man annehmen müßte, der Osten wäre auf der linken und der Westen auf der rechten Kartenseite zu suchen. Stellt man die Karte tatsächlich auf den Kopf, erscheinen Norden und Süden an der richtigen, Westen und Osten aber auf der falschen Seite. Des Rätsels Lösung ist nicht schwer: von der nördlichen Erdhälfte aus sieht man den Mond im Süden, hat damit den Norden im Rücken, den Osten links, den Westen rechts. Von der südlichen Erdhälfte sieht man den Mond mit dem Westen zur Linken und dem Osten zur Rechten.

Aus den Gebirgen am Nordrand des Wolkenmeeres ragte ein einzelner Berg hervor, der Sonnenstrahlen wie Funken zu versprühen schien.

»Was ist denn das für ein Leuchter?« fragte Michel.

»Kopernikus«, antwortete Barbicane.

»Dann schauen wir doch diesem Kopernikus einmal ins Gesicht.«

Kopernikus ist 3430 m hoch, seine Höhe läßt sich von der Erde aus sehr genau messen, wenn seine Schatten in der Phase zwischen letztem Viertel und Neumond weit nach Westen beziehungsweise nach Osten fallen. Einsam steht er am Rande des Wolkenmeeres, das hier an das Meer der Stürme grenzt, und beschickt mit seinen Strahlen wie ein Leuchtturm zwei Meere zugleich. Wie Kepler und Aristarch wurde er früher für einen tätigen Vulkan gehalten, weil er inmitten des aschfarbenen Lichts wie ein glühender Punkt erschien. Sein ungeheurer erloschener Krater mit einem Durchmesser von 98 km wies mehrere Lavaschichten und vereinzelte vulkanische Trümmer auf, teilweise auch in den kleinen Kratern selbst, die innerhalb des Kopernikus als winzige Kegel zu erkennen waren. Im Gegensatz zu irdischen Vulkankratern liegen die Mondkrater allesamt tiefer als das Niveau ihrer Umgebung.

Das Projektil stand einen Augenblick lang senkrecht über dem Kopernikus; man sah seinen doppelten steilen Ringwall und im Innern des Rings einige leuchtende Kegelspitzen. Nach Norden, einer wilden Ebene zu, war der Ringwall abgeflacht. Diese Ebene erschien stellenweise wie ein sturmgepeitschtes, mitten im Orkan erstarrtes Meer. Darüberhin streiften Lichtbündel, die sich im Ring des Kopernikus trafen.

Über deren Ursache stritten sich die Mondforscher lange. Nicholl hielt sie für beleuchtete Gebirgsstränge, die wie Panzerwälle quer zu den Ringwällen lagen. Barbicane referierte die Hypothese des Astronomen Herschel: die Strahlen seien erkaltete Lavaströme, die das senkrecht auffallende Sonnenlicht reflektierten.

»Wollt ihr zum Schluß auch noch meine Theorie hören?« fragte Michel.

»Nein«, sagte Nicholl.

»Trotzdem: es ist ein Mikadospiel aus Lavastäbchen.«

»Sei doch einmal ernst!«

»Gut. Als ernster Mensch muß ich die Stäbchen für Knochen halten. Wir sehen hier die ungeheuerlichsten Flachlandkatakomben, in denen die sterblichen Hüllen von tausend Mondgenerationen ruhen. Erschüttert euch das nicht?«

»Quatschkopf!«

Als der nächste Ringkrater, der 4500 Meter hohe Eratosthenes, auftauchte, erzählte Barbicane Keplers Theorie der Ringgebirge: die Mondbewohner hätten sie erbaut, als eine Art chinesischer Ringmauer.

»Wozu denn das?« fragte Nicholl.

»Ganz einfach«, antwortete Barbicane, »als Schutz gegen die vierzehntägige Mittagshitze.«

»Kepler wird sich wohl in den Größenverhältnissen ein bißchen verschätzt haben«, meinte Nicholl. »Die Seleniten und eine derartige Schanzarbeit – unmöglich.«

»Wieso denn?« fragte Michel. »Jeder Backstein ist doch sechsmal leichter.«

»Aber die Seleniten sind auch sechsmal kleiner!« antwortete Nicholl.

»Zumal es sie überhaupt nicht gibt«, sagte Barbicane.
Bald war auch der zwischen Apenninen und Karpathen eingeschlossene Eratosthenes verschwunden. Da sie nun die Zone der Kettengebirge überflogen, begann Barbicane seine Gebirgsliste zu vervollständigen, die wir hier mit Höhen- und Positionsangaben wiedergeben.

Rook	20°—30°	Südl. Breite	1600 m	Höhe
Altai	17°—28°	,,	4047	,,
Anden	10°—20°	,,	3898	,,
Pyrenäen	8°—18°	,,	3631	,,
Ural	5°—13°	,,	838	,,
Alembert	4°—10°	,,	5847	,,
Hämus	8°—21°	Nördl. Breite	2021	,,
Karpathen	15°—19°	,,	1939	,,
Apenninen	14°—27°	,,	5501	,,
Taurus	21°—28°	,,	2746	,,
Riff-Gebirge	25°—33°	,,	4171	,,
Schwarzwald	17°—29°	,,	1170	,,
Kaukasus	32°—41°	,,	5567	,,
Alpen	42°—49°	,,	3617	,,

Die meisten dieser Gebirge konnten die Mondfahrer nur von ferne sehen, ihr Kurs folgte aber ziemlich genau dem Verlauf der Karpathen, so daß mehrere abgeschliffene Ringgebirge erkennbar waren, welche die Linie des Kettengebirges durchbrachen. An der Südseite fielen die Karpathen steil zum Regenmeer ab, der größten Niederung der Mondoberfläche. Aus einer Höhe von 1200 km konnte Barbicane die Oberfläche bis auf 12 km heranholen, konnte auch den nur 1815 m hohen Euler sehen, über den er gern etwas Neues gesagt hätte, wenn er es hätte sagen können. Dieser leuchtende Euler ist unter den Mondkratern insofern eine Ausnahme, als der Kubikinhalt seines Kraters doppelt so groß ist wie der Kubikinhalt seiner Ringwälle. Um die Hypothese aufzustellen, daß die Größe des Kraters eben nicht nur von einem, sondern von mehreren Ausbrüchen herrührte, mußte man allerdings nicht Mondfahrer Barbicane sein, es genügte, als Oberamtmann Schröter in Bremen zu leben und sich mit Geduld und guten Fernrohren an den Nordseestrand zu setzen.

Gegen halb drei Uhr früh war die Höhe des Projektils auf 1000 km herabgesunken, aber auch seine Geschwindigkeit schien sich vermindert zu haben. Wieder einmal war Barbicane mit seinem kosmischen Latein am Ende, denn nach seinen Berechnungen hätte das Projektil weit schneller fliegen müssen, um der Mondanziehung mit seiner Fliehkraft die Waage zu halten.

Jetzt konnten die Mondfahrer die Vermutungen Schmidts, Beers und Mädlers bestätigen: die Mondoberfläche erschien ihnen keineswegs als graues Einerlei, sondern in lebhaften Farben. *Mare serenitatis* und *mare humoris* leuchteten in sattem Grün, Ringberge mit glattem Kraterboden zeigten sich bläulich gefärbt. Die Farbtöne konnten jetzt nicht mehr durch die Erklärung, sie seien durch atmosphärische Lichtbrechung vorgetäuscht, wegdiskutiert werden. Ob die grüne Farbe der »Meere« aber tatsächlich das Grün einer tropischen Vegetation war, konnte auch Barbicane nicht verifizieren. Andere »Gewässer« und Kraterböden zeigten sich braun, rötlich oder lila gefärbt.

»Der Mond ist bebaut!« rief Ardan plötzlich. »Schaut euch mal die Agrarstruktur der Seleniten an!«

Er hatte eine Reihe leuchtender, verschieden langer Furchen entdeckt, die parallel nebeneinander herliefen.

»Bebaut nennen Sie das?« fragte Nicholl.

»Meinetwegen gepflügt«, antwortete Ardan, »wir wollen ja nicht übertreiben. Ich wundere mich nur, in welche Riesenpflüge die Mondbauern ihre Rößlein einspannen müssen, um solche Furchen zu ziehen.«

»Das sind keine Furchen, sondern Rillen.«

»Die Furchen des Bauern sind also wissenschaftliche Rillen«, sagte Ardan. »Und wie erklärt sich die Wissenschaft derartige Rillen?«

Barbicane konnte Ardan zwar über Form und Ausmaße der Rillen, nicht aber über deren Ursprung aufklären. Diese bis zu 1000 m breiten Rillen sind zwischen 15 und 20 km lang, ihre Ränder laufen immer parallel. Im Fernrohr konnte Barbicane außerdem sehen, daß die Rillenwände sehr steil abfielen, auch nach außen hin. Man hätte glauben können, die Mondkollegen des Panzerplattenspezialisten Nicholl hätten hier Befestigungsgräben konstruiert.

Einige Gräben schienen wie mit der Schnur gezogen, andere waren leicht gekrümmt, überschnitten sich oder teilten Krater in zwei Hälften. Schröter hatte sich als erster mit dem Studium dieser Rillen befaßt und die Beobachtungen Postorfs, Gruithuisens, Beers und Mädlers angeregt. Selbst für die älteren Gelehrten war die Theorie der Befestigungsgräben zu phantastisch. Auch die Ansicht, es handle sich um ausgetrocknete Flüsse, mußte alsbald verworfen werden; denn wenn es auf der Mondoberfläche Wasser gegeben hatte, so reichte die Menge niemals aus, um solche Gräben auszuwaschen, zumal die Rillen teilweise hochliegende Krater durchqueren.

Wie Menons Sklave blindlings den Lehrsatz des Pythagoras erraten hatte, so traf Ardan trotz lunarer Ignoranz die Hypothese Julius Schmidts:

»Warum sollen das keine Vegetationserscheinungen sein?« fragte er.

»Du mußt dich schon etwas klarer ausdrücken.«

»Ich frage nur: können diese dunklen Linien am Rand einer Rille nicht Baumreihen sein, wie sie unser Napoleon längs der *routes nationales* hat anpflanzen lassen?«

»Gegen den Strategen Napoleon will ich nichts sagen«, antwortete Barbicane, »aber mir scheint, du hast immer noch einen vegetativen Tick.«

»Aus Ticks sind schon die größten Taten und Entdeckungen hervorgegangen«, sagte Ardan, »und meine These hat den Vorzug, daß sie gleich miterklärt, warum diese Rillen mal besser, mal schlechter zu sehen sind. Verlieren die Bäume ihr Laub, verschwinden auch die Rillen, treiben sie wieder Blätter, so werden sie wieder sichtbar.«

»Gut gesagt und in sich schlüssig, insgesamt aber falsch«, antwortete Barbicane.

»Wieso?«

»Es gibt keinen Jahreszeitenwechsel auf dem Mond, deshalb fallen oder sprießen auch keine Blätter.«

Das Projektil hatte inzwischen den vierzigsten Mondbreitengrad erreicht und weiter an Höhe verloren. Auch wenn die Erdatmosphäre 170mal durchsichtiger gewesen wäre, hätte man mit den stärksten Teleskopen den Mond nicht so nah vor Augen gehabt wie Barbicane mit seinem kleinen Fernrohr; bis auf 8 km war die Oberfläche jetzt herangerückt. Aus dieser Entfernung mußte sich die Frage, ob der Mond bewohnt sei oder nicht, endgültig klären lassen. Barbicane sah aber nur öde, unermeßliche Ebenen und im Norden kahle Gebirge, ohne irgendeine Spur von pflanzlichem, tierischem oder gar menschlichem Leben. Nur das Reich der Minerale schien auf dem Mond vertreten zu sein.

»Es gibt also keine Menschen, keine Mondbistros, keine Lunarliteratur?« sagte Ardan betrübt.

»Bis jetzt nicht«, antwortete Nicholl. »Es ist immerhin möglich, daß sich die Atmosphäre im Innern der Ringberge oder auf der anderen Mondseite angesammelt hat, und damit auch Leben und Literatur.«

»Außerdem kann man aus 8 km Entfernung ja auch noch keinen Menschen ausmachen«, sagte Barbicane. »Gibt es Seleniten, so können sie uns zwar sehen, müssen selbst aber nicht gesehen werden.«

Über dem 60. Breitengrad wurde die Landschaft gebirgiger, links ragte La Condamine, rechts Fontenelle in die Höhe, weiter im Norden beherrschte der 3700 m hohe Philolaus die lunare Szenerie.

Obwohl die Mondgebirge manchen öden und schroffen Hochgebirgen der Erde ähneln, ließ sich der Anblick der Mondlandschaft mit keiner irdischen Region vergleichen. Ohne Atmosphäre kann auf dem Mond auch kein dispersives Licht entstehen, jene Lichtstreuung, die auf der Erde für Dämmerungen, Schatten, Halbschatten und für alle reizvollen Hell-Dunkel-Nuancen verantwortlich ist. Der Mond kennt nur Schwarz und Weiß; ein Landschaftsmaler auf dem Mond wäre zu ewiger Monochromie verdammt.

In gleicher Weise schroff und ohne Nuancen sind die Übergänge von Tag und Nacht. Verschwindet die Sonne, so scheint es, als werde ein ungeheurer Scheinwerfer abgeschaltet. Gleichzeitig fällt die Temperatur von Kochhitze auf Weltraumkälte.

Gebannt starrten Barbicane und seine Kameraden auf die

ungewöhnlichen Konturen der nördlichen Mondzonen. Je mehr sie sich dem Nordpol näherten, desto tiefer sanken sie auch zur Oberfläche hinab. Um fünf Uhr morgens rückte der Berg Gioja im Fernrohr auf 500 m heran, bald schien man die Lavafalten des Mondes mit Händen greifen zu können. Die sich grell vom Himmel abhebende Spitze des Nordpols reckte sich immer mehr in die Höhe, so daß die Mondfahrer fürchteten, sie könnten binnen kurzem gegen den Mond prallen. Michel war sogar drauf und dran, eine Luke aufzuschrauben und hinauszuspringen; er ließ sich aber noch rechtzeitig überzeugen, daß er auch außerhalb der Kabine allen Bewegungen des Projektils hätte folgen müssen, abgesehen davon, daß seine guten Lungen in Sekundenschnelle zerplatzt wären.

Gegen sechs Uhr schob sich der Pol in seiner ganzen Ausdehnung ins Blickfeld. Der beleuchtete Ausschnitt der Mondscheibe wurde immer kleiner, und mit einem Mal hatte das Projektil die Grenze zwischen Licht und Schatten überflogen und mußte sich von tiefster Nacht verschlucken lassen.

»Wie begonnen, so zerronnen«, sagte Ardan traurig. »Wo bist du, Sonne, geblieben?«

Knapp 50 km war das Projektil am Nordpol vorbeigefahren, Sekunden später erinnerte kein Schatten, kein Reflex mehr an die strahlende Mondoberfläche. 354 h dauert die Mondnacht, oder 14 Tage und 18 h; die Eigendrehung des Mondes fällt fast mit der Drehbewegung um die Erde zusammen. Das Projektil befand sich in dem Schattenkegel, den der Mond wirft, von der Sonne war nirgendwo auch nur ein Reflex zu sehen. Auch in der Kabine war es völlig dunkel, trotz Bedenken entschloß sich Barbicane, das Gaslicht zu entzünden.

»Verflucht«, rief Ardan. »Jetzt ist es aus mit dem Gratislicht, und die Gasverschwendung fängt an.«

»Die Sonne ist unschuldig«, antwortete Nicholl, »das Licht ist da, nur der Mond frißt es uns weg.«

»Die Sonne ist schuld!« rief Ardan.

»Der Mond ist schuld!« rief Nicholl.

»Weder noch. Unser Mondexpreß selbst ist schuld. Wäre er nicht von der Bahn abgekommen . . . Verfahren wir aller-

Die entsetzliche Kälte brachte sie auf die Idee, die Temperatur des Weltraums zu messen, wozu sie ein Thermometer an eine Schnur banden, hinauswarfen und später wieder hereinzogen.

dings kausalanalytisch, das heißt gerecht, dann trägt allein dieser Unglücksvogel von Bolid die Verantwortung.«

»Auch recht«, sagte Ardan. »Meine Kausalanalyse sagt mir gerade, daß ein bestimmtes Hungergefühl auf eine gewisse nicht eingenommene Mahlzeit zurückzuführen ist. Ein Frühstück könnte nicht schaden.«

In wenigen Minuten hatte Ardan sein berühmtes *petit déjeuner* fertig, aber keiner aß mit Lust, kein Toast wollte sich erheben. Die lähmende Dunkelheit hatte sich bis auf die Magennerven gelegt, ein Anflug von Klaustrophobie begann die Mondfahrer zu bedrücken.

So kamen sie bald auf das Thema Mondnacht zu sprechen, Barbicane dozierte, wie immer, was die Wissenschaft zur Mondnacht beizusteuern hat.

»Es ist schlimm genug, daß jede Mondhemisphäre jeweils vierzehn Tage ohne Sonne auskommen muß; aber jener Hälfte, über die wir jetzt schweben, ist nicht einmal der tröstliche Anblick unserer schönen Erde vergönnt. Sie ist nur für die eine Seite des Mondes so etwas wie ein Mond. Könnte man zum Beispiel von Europa aus den Mond nicht sehen, würde ein Europäer ganz schön staunen, wenn er nach Australien käme und dort den Trabanten zum erstenmal sähe.«

»Meinst du«, sagte Ardan, »einer würde nach Australien reisen, bloß um diesen lumpigen Mond zu sehen?«

»Das stimmt«, sagte Nicholl bitter. »Er würde nicht!«

Das Frühstück war rasch beendet, und man schaute wieder angestrengt aus der dunklen Kabine in den Weltraum, der keineswegs heller war. Barbicane grübelte über ein ihm unerklärliches Phänomen: wenn das Projektil sich schon bis auf 50 km dem Mond genähert hatte — warum konnte es ihn nicht erreichen? Seine Fahrt hatte sich doch soweit verlangsamt, daß sie der Mondanziehung theoretisch nicht mehr hätten widerstehen können. Unterlagen sie womöglich den Gravitationsfeldern anderer Körper? Den Mond würde man wohl kaum mehr betreten; wohin aber würde das Geschoß treiben? In dieser absoluten Nacht war es jedenfalls nicht möglich, Lage oder Geschwindigkeit zu berechnen. Wenige Kilometer über dem Mond flogen sie vielleicht dahin, aber nicht einmal eine Explosion hätte man von dort hören können, weil der Tonträger fehlte: die Luft.

Sie begannen nervös zu werden; unmittelbar unter ihnen lag, unerreichbar, ihr Ziel. In vierzehn Tagen würde jede Einzelheit darauf zu erkennen sein, aber jetzt war absolute Nacht.

Die meisten Selenographen stimmten darin überein, daß die erdabgekehrte Mondseite sich nicht wesentlich von der sichtbaren unterscheidet. Man sieht auf den von Barbicane angegebenen Randsegmenten ebenfalls Ebenen, Krater und Ringgebirge und kann deshalb für die andere Seite auf eine genauso ausgetrocknete, leblose Welt schließen. Doch kein Analogieschluß kann die Anschauung ersetzen, denn es schien immerhin möglich, daß sich Atmosphäre und Wasser, mithin die Voraussetzungen pflanzlichen, tierischen, sogar menschlichen Lebens, auf der unsichtbaren Seite angesammelt hatten. Alle diese Fragen hätten sie mit ihrem Fernrohr zu lösen vermocht; kein Mensch außer ihnen hätte diese Welt jemals sehen können. So nah am Ziel waren sie blind. Schweigend starrten sie nach oben, wo sie Sterne, und nach unten, wo sie ein schwarzes Loch sahen: den Mond. Es dauerte aber nicht lange, da gefror die Atemluft an den Luken zu Eis, und die vorher eingefangene Sonnenwärme entwich aus der Kabine.

Der Chrono- und Thermometerspezialist Nicholl maß $-17°$, die Kälte war kaum noch zu ertragen, schweren Herzens stellte Barbicane die Gasheizung an.

»Über Eintönigkeit können wir uns bei unserer Reise nicht beklagen«, sagte Ardan. »Welche Abwechslung, welche feinen Nuancen. Zumindest in der Temperatur! Einmal baden wir in Wärme und Licht wie die Gauchos in den ungeschützten Pampas, ein andermal stecken wir wie Eskimos in Nacht und Kälte. Wenn das so weitergeht, wird unser Atemdunst bald als Schnee fallen, und wir können rodeln.«

Barbicane und Nicholl schlugen vor, die Außentemperatur exakt zu prüfen, um einen alten Streit der Astronomen empirisch zu entscheiden. Ein normales Thermometer hätte allerdings nichts genützt, weil sich Quecksilber bei $-42°$ verfestigt. Barbicane hatte deshalb klugerweise ein Thermometer nach dem System Walferdin mitgenommen, das auch in der Weltraumkälte noch funktioniert. Man verglich es mit dem Quecksilberthermometer und machte es zur Messung fertig. Die Frage war nur noch: wie?

»Ganz einfach«, sagte Ardan. »Fenster auf, Thermometer raus, und nach einer Viertelstunde holt man es wieder herein.«

»Mit der Hand?« fragte Barbicane.

»Womit denn sonst?« fragte Ardan. »Vielleicht mit den Zähnen?«

»Versuch es doch einmal«, antwortete Barbicane. »Eine Hand streckst du hinaus, und einen schwarzen Stummel ziehst du wieder herein. Du hättest das Gefühl, deine Hand würde in weißglühendes Eisen getaucht, da es im Prinzip einerlei ist, ob die Wärme bei einem Körper gewaltsam hinein- oder hinausdringt. Ich bin mir übrigens nicht ganz sicher, ob unsere Abfälle und toten Hunde noch neben dem Projektil mitreisen.«

»Wieso nicht?« fragte Nicholl.

»Angenommen, wir haben eine Atmosphäre von minimaler Dichte durchstoßen, dann sind unsere stummen Begleiter zurückgeblieben. Also binden wir unser Thermometer lieber an. Dann können wir es auch viel einfacher wieder hereinziehen.«

Blitzschnell öffnete Nicholl das Fenster und warf das Thermometer hinaus. Aber schon war ein gehöriges Quantum Weltraumkälte eingedrungen, so daß Ardan zu fluchen begann.

Nach einer halben Stunde zog Barbicane das Instrument wieder herein und berechnete nach der Weingeistmenge, die in das unten angelötete Auffangfläschchen getropft war:

»—140°!«

Pouillet hatte gegen Fourier gewonnen. So tief lag demnach die Temperatur im Weltraum und wahrscheinlich auch auf dem Mond, wenn alle Sonnenwärme in der vierzehntägigen Nacht wieder abgestrahlt war.

13

Man wundert sich vielleicht darüber, daß die Mondfahrer in ihrem Aluminiumgefängnis einander noch nicht überdrüssig geworden und aufeinander losgegangen waren. Aber erst die Angst um ihre unmittelbare Zukunft, die im Dunkel lag, hätte eine solche Reaktion auslösen können. Und die empfanden sie nicht. Statt sich über ihren Kurs den Kopf zu zerbrechen, experimentierten und hantierten sie drauflos, als säßen sie in einem Universitätslabor. Vielleicht geht Männern solchen Kalibers nichts über die Wissenschaft, vor der so beschränkte Fragen wie die nach Zukunft und Schicksal des Einzelnen als kleinmütige Anmaßungen verpönt sind. Vielleicht aber hatte sich auch nur ihre Gemütsverfassung der gegebenen Lage angepaßt. Seit fünf Tagen waren sie nur noch in Kleinigkeiten Herr über sich selbst, den großen Rest besorgten die ewigen unergründlichen Gesetze der Gravitation. Der ärmste Seemann kann sein Schiff steuern, und jeder Luftschiffer kann die Höhe seines Ballons korrigieren, nur diese Höchstfliegenden, von aller Welt Gefeierten, über alle Welt Hinaussteuernden, mußten sich rückhaltlos Gewalten fügen, die außerhalb des menschlichen Vermögens lagen.

Es gab immer noch keinen Anhaltspunkt, an dem Position oder Geschwindigkeit festzustellen gewesen wären. Hatte sich das Projektil in den zwei Stunden, seit es in den Schattenkegel getaucht war, dem Mond genähert oder sich von ihm entfernt? Käme es bald weitab vom Mond aus dem Schattenkegel heraus, oder war es schon so nah an der Mondoberfläche, daß es jeden Moment ein herausragendes Gebirge rammen konnte?

Ardan war überzeugt, die Kapsel werde bald wie ein Meteorit auf den Mond fallen.

»Nicht alle Meteore fallen.«

»Wir müssen nur nahe genug an den Mond herankommen.«

»Das genügt nicht«, sagte Barbicane. »Sternschnuppen zum Beispiel, die du am Himmel siehst, glühen auf, wenn sie in die Lufthülle eintauchen. Obwohl sie dann nur 64 km von der Erde entfernt sind, fallen sie selten darauf. Genauso können wir zwar nahe an den Mond herankommen und trotzdem nicht auf ihm landen.«

»Was kann denn sonst noch mit uns passieren?« fragte Ardan.

»Wir haben sozusagen die Wahl zwischen zwei mathematischen Kurven. Von unserer Geschwindigkeit hängt es ab, welcher wir folgen werden.«

»Hyperbel oder Parabel«, erklärte Nicholl.

»Genau. Mit einer bestimmten Geschwindigkeit wird unser Projektik eine Parabel beschreiben, mit einer anderen bestimmten Geschwindigkeit eine Hyperbel.«

»Was kennt ihr wieder für schöne Worte«, sagte Ardan. »Ich würde gern die Dinge kennenlernen, die sie bezeichnen.«

»Paß auf. Die Parabel ist der geometrische Ort für alle Punkte, die von einem festen Punkt F und einer festen Geraden l jeweils den gleichen Abstand haben. Man kann sie sich vorstellen, wenn man sich einen Kegel parallel zu einer seiner Seiten durchgeschnitten denkt.«

»Ja natürlich, wie konnte ich das nur vergessen.«

»Eine ähnliche Kurve beschreibt die Bombe aus einem Mörser«, fuhr Nicholl fort.

»Es steht ja schon bei Stendhal. Aber nur die Sache mit der Parabel. Von der Hyperbel schrieb er nichts.«

»Die Hyperbel ist der geometrische Ort für alle Punkte, deren Abstände von zwei festen Punkten F_1 und F_2 miteinander die gleiche Differenz ergeben. Stell dir vor, ein Doppelkegel wird parallel zur Kegelachse durchgeschnitten, wobei zwei voneinander getrennte Kurven entstehen, die ins Unendliche laufen, dann weißt du, wie sie aussieht.«

»Ich weiß wirklich nicht, was schöner klingt: der Ausdruck selbst oder seine Definition.«

Übrigens hatten sich sofort zwei Meinungen gebildet. Wie zuvor auf der Erde Kanonen-Barbicane mit Panzer-Nicholl gestritten hatte, so rang jetzt der Parabelgläubige mit dem Hyperbeljünger. Statt der eisernen flogen diesmal algebraische Fetzen. Ardan versuchte zu vermitteln.

»Es kann doch nur eine richtige Antwort geben. Warum sucht ihr nicht beide danach? Die Frage heißt doch, wohin uns diese Kurven zurückbefördern werden.«

»Für einen Offizier der Vereinigten Staaten gibt es kein Zurück«, antwortete Nicholl mit all seiner Reserviertheit. »Diese offenen Kurven führen in die Unendlichkeit, aber niemals auf sich selbst zurück.«

»Wissenschaftler müßte man sein«, sagte der Franzose. »Ehrlich: mir liegt wenig daran, ob ich auf einer Parabel oder Hyperbel in die Unendlichkeit reite.«

Die Frage war müßig. Parabolisch oder hyperbolisch, weder auf dem Mond noch auf der Erde würde das Projektil landen. Die Insassen hatten eine ganz andere Wahl: an Kälte, durch Luftmangel oder Hungers zu sterben. Am Gas mußten sie empfindlich sparen, nur auf Wärme konnten sie beim besten Willen nicht verzichten, schon eher auf Licht. Der Sauerstoffapparat gab zum Glück auch noch ein Quantum Wärme ab, so daß es leidlich auszuhalten war.

Aber immer noch gefror der Wasserdampf an den Lukenscheiben, so daß sie dauernd reiben mußten, um klare Sicht zu bekommen. Im Stillen hofften sie darauf, doch noch etwas in der Mondnacht zu entdecken. Besaß die unter ihnen liegende Mondhemisphäre tatsächlich eine Lufthülle, so müßten glühende Meteoriten zu sehen sein. Wenn das Projektil diese Luft durchschnitt, mußten sich auch Schallwellen fortpflanzen können, Stürme, Lawinen, Vulkanausbrüche hätte man hören und ihren Feuerschein erkennen müssen. Eine sorgfältige Analyse solcher Erscheinungen hätte durchaus zu begründeten Aussagen über diese Mondhälfte berechtigt. Aber so sehr Barbicane und Nicholl ihre Augen auch anstrengten, die Mondscheibe blieb stumm und dunkel wie zuvor.

»Wenn wir die Reise wiederholen«, sagte Ardan plötzlich, »wird es wohl klüger sein, bei Neumond zu starten.«

»Sie haben recht«, meinte Nicholl. »Während der Überfahrt könnten wir zwar den Mond im Gegenlicht nicht sehen, dafür erschiene uns aber die Erde in voller Beleuchtung. Kämen wir dann um den Mond herum, würde auch die unbekannte Seite in vollem Licht erstrahlen.«

»Ich bin da anderer Ansicht«, sagte Barbicane. »Wenn wir die Reise wiederholen, dann nur unter den gleichen Bedingungen wie dieses Mal. Es ist in jedem Fall besser, auf einem voll beleuchteten Mond zu landen als in einem nächt-

lichen Gelände. Die abgekehrte Seite hätten wir auf einer
Landexpedition zur Genüge erforschen können. Erfolg und
Mißerfolg hängen schließlich davon ab, daß wir auf die richtige Bahn kommen. Und dazu muß man das Ziel sehen.«
Gegen vier Uhr morgens stellte Barbicane plötzlich fest, daß
sich das Bodenstück des Projektils dem Mond zudrehte, als
sei es im Fallen. Aber dann entdeckte er einen Anhaltspunkt,
aus dem er schließen konnte, daß die Kapsel nicht im Fallen
war, sondern der Linie einer regelmäßigen Kurve folgte.
Nicholl war ein Lichtschimmer aufgefallen, der am vermut-
lichen Mondhorizont auftauchte. Ein Stern konnte es nicht
sein, da der Gegenstand eher rötlich leuchtete. Langsam
vergrößerte sich dieser Lichtschein, womit bewiesen war,
daß sich das Projektil dem Horizont, aber nicht der Oberfläche des Mondes näherte.
»Ein Vulkan!« rief Nicholl plötzlich. »Ein Mondkrater
bricht aus. Der Mond ist also doch nicht erkaltet.«
»Ja, irgend so etwas muß es sein«, antwortete Barbicane,
der am Fernrohr lag.
»Also muß der Mond doch Luft haben«, sagte Ardan.
»Ohne Sauerstoff keine Verbrennung, das weiß sogar ich.«
»Kann sein, muß aber nicht«, antwortete Barbicane. »Der
Vulkan kann sich seinen Sauerstoff nämlich selbst erzeugen,
wenn sich einige Elemente auflösen; seine Flammen schlagen
dann in den leeren Raum. Mir sieht das auch danach aus,
als verbrenne dort etwas in reinem Sauerstoff.«
Der »Vulkan« lag schätzungsweise auf dem 45. Grad südlicher Mondbreite. Die Bahn des Projektils zog aber weit
daran vorbei, eine halbe Stunde später war der helle Punkt
wieder hinter dem Horizont. Barbicane hätte diesen Ausbruch gerne aus der Nähe beobachtet, immerhin bewies er,
daß noch nicht alle Wärmeenergie aus der Mondkugel ent-
wichen war. Und wenn Wärme da war, warum sollten sich
da nicht auch Flora und Fauna erhalten haben? Womöglich
war dieser Ausbruch auch auf der Erde registriert worden
und hatte den Hypothesen über das Leben auf dem Mond
neue Nahrung gegeben.
Barbicane verlor sich in Nachdenken über das mysteriöse
Schicksal der Mondwelt. Er versuchte, alle Einzelbeobach-
tungen zu einer in sich schlüssigen Theorie zusammenzufas-

sen, doch wurde er durch ein unerwartetes Ereignis dabei gestört.

Ein Körper von riesigen Ausmaßen erschien plötzlich mitten im Dunkeln und hob sich so hell vom Hintergrund des Himmels ab, daß die Mondfahrer die Augen schließen mußten, um nicht geblendet zu werden. Fahles Licht strahlte in die Kabine, und die Gesichter der Insassen erschienen so bleich und gespenstisch, als habe man Kochsalz in eine Spirituslampe geschüttet.

»Habt ihr abscheuliche Fratzen!« rief Ardan. »Was ist das für ein Gespenstermond?«

»Ein gewöhnlicher Bolid«, antwortete Barbicane.

»Kann ein Bolid denn im luftleeren Raum brennen?«

Boliden dieser Art führen tatsächlich Elemente mit, die einen Verbrennungsvorgang ermöglichen. Nicht alle der von der Erde aus sichtbaren Boliden tauchen in die Atmosphäre ein; am 27. Oktober 1844 zum Beispiel kam ein Bolid bis auf 568 km an die Erde heran, und 1841 verschwand ein anderer Bolid, nachdem er die Erde in einer Höhe von 808 km überflogen hatte. Die größten dieser beobachteten Boliden hatten einen Durchmesser von mehreren Kilometern, sie bewegen sich mit einer Geschwindigkeit von 7 km/sec fort, und zwar entgegen der Erddrehung; die Erde bewegt sich dagegen längs der Ekliptik mit einer Durchschnittsgeschwindigkeit von 30 km/sec.

Barbicane, der von der guten alten Bürgerkriegszeit her noch im Entfernungschätzen geübt war, gab den Abstand des Boliden mit rund 400 km an und errechnete einen Durchmesser von 2000 m. Aus dem Tempo, in dem sich die Erscheinung vergrößerte, schloß er auf eine Geschwindigkeit von 2000 m/sec, also: 120 km/min. Und das Schrecklichste: seine Bahn mußte sich genau mit dem Kurs des Projektils kreuzen. In wenigen Minuten stand die Kollision bevor!

Jetzt darf sich der Leser, wenn ihm sein Einfühlungsvermögen das erlaubt, in die Stimmung der Mondfahrer versetzen. Trotz Kaltblütigkeit und ausgezeichneten Nerven begannen sie, sich zu verkrampfen, begannen zu zittern, ihre Glieder verrenkten sich in spastischen Zuckungen. Barbicane tat etwas Äußerstes, er hatte die Kontrolle über sich verloren: er griff nach Michel Ardans Hand. Die Todesangst, in der sie die Augen schlossen, hatte ihre Neugier überstiegen. Ihr Untergang war unausweichlich. Seit dem Auftauchen des Boliden vor zwei Minuten hatten sich in den Mondfahrern Jahrhunderte voller Angst gesammelt, und sie nahm immer noch zu. Je näher das Sternengeschoß kam, desto heller glühte es auf. Bald schien es, als fliege das Projektil mit den drei Männern geradewegs in den Feuerschlund eines gigantischen Hochofens hinein.

Genau im Augenblick des erwarteten Zusammenpralls, als der ganze Himmel zu brennen schien, zerbarst der Bolid wie eine Mörsergranate, aber völlig lautlos.

Nicholl schrie laut auf, und sie stürzten an die Luken: ein ungeheurer feuer- und funkenspeiender Krater hatte sich vor ihren Augen aufgetan, Myriaden kleinster brennender Splitter erhellten den Raum taghell und fuhren wie Leuchtspurgeschosse durcheinander. Auch dieses Schauspiel ging ohne jedes Geräusch vor sich, ein barockes Feuerwerk aus gelben, roten, grünen und grauen Lichtbahnen. Die Riesenkugel war beim Zerplatzen in unzählige Partikel zerstoben, Kleinst-Boliden, die aufblitzten, von weißen Gaswolken oder kosmischem Staub umhüllt. Manche der Splitter kollidierten mit anderen, zerbarsten nochmals, einzelne Stücke trafen das Projektil, ein Linsenglas bekam einen Sprung. Sekundenlang ging ein Meteoritenhagel auf die Kapsel nieder, und dieser Feuerregen schwoll an und breitete sich soweit aus, daß der Lichtschein bis zur schwarzen Mondoberfläche hinabdrang. Michel Ardan schrie:

»Da ist der unsichtbare Mond, er ist sichtbar!«

Einige Sekunden lang zeigte sich die Scheibe, wie von einem Magnesiumblitz erhellt. Streifen zogen darüberhin, Wolken, der Niederschlag eines kleinen Quantums an Atmosphäre, einzelne Berge, Krater und Ringgebirge ragten darüber hinaus. Wie auf der sichtbaren Seite waren Ebenen zu erkennen, nein, es waren unermeßliche Meere, in denen sich der ganze Zauber des Himmelsfeuerwerks spiegelte. Und die Kontinente waren nicht grau und leer, sondern von dichten Wäldern bedeckt.

Im Nu waren die Leuchtpartikel zerstoben und der Lichtspuk vorbei. Geblendet noch von dem starken Glanz, er-

Da, im allerletzten Moment, zerplatzte der Meteor in einem funkensprühenden Feuerwerk, und sie waren gerettet.

schien den drei Mondfahrern der Äther viel undurchdring-
licher als zuvor, und wo eben noch der Mond zu sehen war,
gähnte wieder ein schwarzes Loch. Durften sie nach diesem
blitzartigen Überblick über die unsichtbare Seite des Mondes zur Frage, ob der Trabant besiedelt sei, etwas sagen?

14

Es war alles vorbeigegangen, die Gefahr, das Ende, die Todesangst. Das Feuerwerk aber hatten die drei Weltraum-
fahrer nicht vergessen; sie waren von Dankbarkeit darüber
erfüllt, daß die Natur ihnen ein derartiges Schauspiel vor-
geführt hatte. Die Frage freilich blieb, ob der Anblick von
Meeren, Kontinenten und Wäldern keine Täuschung war,
ob die scheinbare Mondatmosphäre tatsächlich jene winzigen Keime hervorgebracht hatte, die erst ein Leben ermöglichen.
Inzwischen war es 15.30 Uhr geworden. Das Projektil zog
immer noch im Schattenkegel des Mondes seine Bahn, und
es gab keinerlei Anzeichen für die Art der Kurve, die es beschrieb. Auch wenn der Bolid den Kurs beeinflußt hatte,
mußte das Projektil einer regelmäßigen, berechenbaren
Kurve folgen. Barbicane hielt einen parabolischen Kurs für
wahrscheinlicher als einen hyperbolischen; aber auf einer
Parabelbahn hätte das Projektil den Schattenkegel allmählich durchstoßen müssen, da der (nach Winkeln berechnete)
Durchmesser des Mondes im Vergleich zum Erddurchmes-
ser ziemlich klein ist. Auch die Geschwindigkeit konnte sich
nicht verringert haben. Je weniger sich das Problem lösen
ließ, desto verbissener rechnete und theoretisierte Barbicane
daran herum.
Keiner dachte an Schlaf. Sie standen an den Luken und lau-
erten, selbst ein von Ardan gereichtes *petit déjeuner* ver-
schlangen sie nur im Stehen; das kalte Fleisch schmeckte
ihnen nicht. Eine Hand mußte immer frei bleiben, mit der
wischten sie die Lukenscheiben ab, an denen ständig neue
Frostblumen wuchsen.

Um 17.45 Uhr entdeckte Nicholl mit seinem Fernrohr weit voraus ein paar helle Punkte, die sich deutlich vom Himmel abhoben. Zusammen bildeten sie eine gezackte Linie, ähnlich den Konturen spitzer Kegelberge: die gleiche Silhouette zeigen die Mondränder, wenn man sie im letzten Achtel von der Erde aus betrachtet. Die leuchtenden Punkte flimmerten und bewegten sich nicht. Es war also ausgeschlossen, daß sie von einem Vulkanausbruch oder einem Meteor herrührten.

»Die Sonne bringt uns an den Tag!« rief Nicholl.

»Wie? Was? Sonne?« fragten Barbicane und Ardan.

»Jawohl, Freunde. Dort vorne beleuchtet die Sonne den südlichen Mondrand, wir fahren dem Südpol entgegen.«

»Dann sind wir also im Kreis um den Mond herumgefahren?«

»Nicht ganz, mein Freund.«

»Aber es stehen uns wenigstens keine parabolischen, hyperbolischen oder sonstigen diabolischen Kurven mehr bevor?« fragte Ardan.

»Nein, eine geschlossene Kurve. Eine Ellipse. Wir werden also nicht im Weltraum verlorengehen, sondern in einer elliptischen Bahn um den Mond herumfahren.«

»Nicht möglich.«

»Doch, unser Projektil ist zum Trabanten geworden«, antwortete Barbicane.

»Ein Mondmond.«

»Ein Trabantentrabant, ja. Und stellt euch mal vor, da jetzt der platte Körper von Trabant da draußen schwebt, ist Trabant ein Trabant des —«

»Ich hatte schon die ganze Zeit so ein Gefühl, als sei die Todesart, die wir uns ausgesucht haben, etwas manieristisch«, sagte Ardan.

»Vor dem Tod sind eben alle gleich. Der Hund da draußen, wir im Projektil, der Mond . . .«

Aber Barbicane war in diesem Augenblick, in dem ihr Schicksal entschieden vor ihnen lag, gar nicht so heiter zumute. Hatte er recht, würde das Projektil in alle Ewigkeit den Mond als neues Gestirn im Sonnensystem begleiten, eine Miniaturerde, von drei Menschen bewohnt, deren Tod unweigerlich bevorstand, die verwesen und zerfallen würden, solange der Sauerstoffapparat von Reiset und Regnault

*Licht, Luft, Sonne, Wärme, ein Lied auf den Lippen —
ja so ließ es sich schon eher reisen. Vor ihrem
Fenster zog die zerklüftete Südhälfte des Mondes
vorüber.*

funktionierte. Und wenn diese Chlorkaliuhr stehenblieb, war auch das Leben der Verwegenen zu Ende. Barbicane konnte sich nicht so recht daran freuen, daß sich Flieh- und Anziehungskraft wieder einmal so wunderbar die Waage hielten.

Die Mondfahrer richteten mit aller Willenskraft ihre Aufmerksamkeit auf das schmale helle Segment, dem sie entgegenfuhren und versuchten, sich mit dem Gedanken zu trösten, daß sie vor dem Sterben die Erde noch einmal in voller Beleuchtung sehen würden, noch einmal sehen und dann sterben, um für immer ein Teil der schweigenden, toten Welt der Asteroiden zu bleiben.

Um 18 Uhr abends passierte das Projektil den Südpol in einer Entfernung von 60 km, dem gleichen Abstand, in dem es auch am Nordpol vorbeigefahren war. Ihre Bahn war demnach eine exakte Ellipse.

Alle drei brachten einen dreifachen Toast auf die Sonne aus. Das Licht konnte gelöscht, die Heizung abgeschaltet werden, die Scheiben wurden augenblicklich wieder klar.

»Wie ungeduldig müssen erst die Seleniten die Sonne erwarten nach zwei Wochen Nacht!«

»Hélas!« rief der Franzose. »Wärme, Licht und gute Freunde, was braucht man mehr zum Leben.«

Bald drehte sich das Bodenstück der Kapsel etwas vom Mond weg und beschrieb eine langgestreckte Ellipse. Man hätte die Erde in voller Größe sehen können, wenn sie nicht im Gegenlicht von der Sonne verschluckt worden wäre. Dafür entschädigte sie der Anblick der Südregionen des Mondes. Jede Einzelheit dieser seltsamen Gegend konnten sie wahrnehmen, denn das Fernrohr holte die Oberfläche bis auf 500 m heran.

Die weithin sichtbaren Dörfel und Leibniz sind Gebirgsgruppen nahe dem Südpol. Die Dörfel-Gruppe erstreckt sich vom Pol bis zum 84. Breitengrad an der östlichen Mondseite, die Leibniz-Gruppe am Ostrand vom 65. Grad bis an den Pol. Barbicane konnte auf ihren gezackten Graten mühelos jene hellen Streifen erkennen, die Pater Secchi schon entdeckt hatte.

»Schnee!« rief er. »Schnee auf dem Mond!«

»Schnee?« fragte Nicholl.

»Eine völlig vereiste Oberfläche. Keine Lava, keine andere Materie würde Licht so stark reflektieren. Es gibt also Wasser auf dem Mond und Sauerstoff dazu; das kann jetzt niemand mehr wegdiskutieren! Ich habe es gesehen.«

Die beiden Kettengebirge ragen aus einer Ebene mittlerer Höhe hervor, die von nicht absehbaren Ringgebirgen eingegrenzt wird. Über die genauen Höhenangaben der Mondgebirge, die manchmal gemacht werden, kann man sich nur wundern. Manche Selenofanatiker behaupten sogar, Mondberge ließen sich exakter messen als irdische Erhebungen.

Die beliebteste hypsometrische Methode ist die Schattenmessung. Aus dem Sonnenstand und der Länge der Bergschatten errechnet man ganz simpel die Berghöhe, immer vorausgesetzt allerdings, daß der Monddurchmesser genau bestimmt ist. Auch die Tiefe von Kratern und anderen Niederungen läßt sich auf diese Weise messen. Galilei hat die Methode erfunden, Beer und Mädler haben sie erfolgreich weiterentwickelt.

Eine andere Möglichkeit besteht darin, daß man in dem Augenblick, in dem die Berge, schon hinter der Schattenlinie, als helle Punkte aufleuchten, den Abstand zwischen der beleuchteten Spitze und dem Beginn des noch hellen Mondsegments abmißt.

Auf eine dritte Art werden die Profile der Mondberge, die sich vom Himmelhintergrund abheben, mit dem Mikrometer gemessen, was aber nur an den Mondrändern möglich ist.

All diese Messungen lassen sich natürlich nur dann ausführen, wenn die Sonnenstrahlen in einem schiefen Winkel auf den Mond treffen. Bei Vollmond bietet sich eine völlig schattenlose Oberfläche, und jede Hypsometrie ist unmöglich.

Mit seiner Schattenmethode errechnete Galilei für die Mondgebirge eine mittlere Höhe von 9000 m, Hevelius hielt sie für weit geringer, Riccioli verdoppelte sie wieder. Erst Herschel kam auf halbwegs vernünftige Zahlen.

Die vielzitierten Selenographen Beer und Mädler haben insgesamt 1095 Mondberge gemessen. Sechs davon sind über 5800 m hoch, zweiundzwanzig über 4800 m. Der höchste Mondgipfel erhebt sich 7603 m über die Mondoberfläche.

Zwar sind einige irdische Gipfel noch etwa 1000 m höher, aber in Anbetracht des Massenunterschieds zwischen Erde und Mond sind die Mondberge proportional viel größer als irdische Gebirge. Die Höhe unserer Berge entspricht dem 1440. Teil des Erddurchmessers, während die lunaren Höhen den 400. Teil des Monddurchmessers ausmachen. Ein vergleichbarer irdischer Berg müßte 29 km hoch sein, die höchsten Gipfel messen aber in Wirklichkeit noch keine 9 km.

Drei Gipfel des Himalaja überragen die Mondberge: der Mount Everest mit 8882 m, der Kandschindschinga mit 8580 m und der Dhaulagiri mit 8180 m. Aber schon der Jewahir ist mit 7603 m nicht höher als Dörfel und Leibniz. Newton, Casatus, Curtius, Short, Tycho, Clavius, Blancanus, Endymion, die zu Kaukasus und Apenninen gehören, überragen allesamt den Montblanc mit seinen 4807 m. Moret, Theophilus und Catharnia sind so hoch wie der Montblanc; Piccolomini, Werner und Harpalus wie der Monte Rosa mit 4638 m; die Höhe des Mont Cervan mit 4522 m erreichen Macrobius, Erathostenes, Albateque und Delambre, die des 3710 m hohen Teneriffa Bacon, Cysatus, Philolaus und die Alpenspitzen. Dem 3351 m hohen Mont Perdu in den Pyrenäen entsprechen Römer und Boguslawski und dem 3313 m hohen Ätna Herkules, Atlas und Furnerius.

Die Mondoberfläche leuchtete jetzt so hell, daß die Mondfahrer geblendet wurden und nur wenige Einzelheiten unterscheiden konnten. Wie zuvor gab es keinerlei Farbnuancen, Weiß und Schwarz lagen hart nebeneinander. Nirgends war auch nur eine Spur von Vegetation zu erkennen, geschweige denn von menschlichen Siedlungen. Wie von einem Orkan getrieben rasten sie in ihrem Projektil über dieser archaischen Welt dahin, den Gesteinsschichten, Lavarinnen und spiegelglatten Basaltflächen, die das Sonnenlicht grell widerspiegelten. Nichts regte sich, nur eine Lawine rollte gemächlich einem Abgrund zu. Kein Laut war zu hören. Diese Landschaft schien restlos tot, keiner konnte sich darin etwas Lebendiges vorstellen. Nur Michel Ardan sah wieder einmal mehr als die anderen. Er glaubte, unter dem achtzigsten Breitengrad und dem dreißigsten Längengrad eine Ansammlung von Ruinen entdeckt zu haben. Tatsäch-

lich sah man am Rand einer Mondrille einen regelmäßig an-
geordneten Steinhaufen, der aus der Ferne wie eine Fe-
stungsanlage aussehen konnte. Je mehr Ardan darauf be-
stand, er habe Wälle, Säulen und Gewölbe erkannt, desto
weniger hörten seine Kameraden zu. Aber wer weiß schon
genau, ob sie ihm damit nicht Unrecht taten?
Ardans Mondschanzen waren bald hinter dem Horizont
verschwunden, das Projektil gewann zunehmend an Höhe,
so daß Einzelheiten bald verschwammen. Aber die großen
Krater, Ringgebirge und Ebenen waren weiterhin gut zu
unterscheiden.
Zur Linken tauchte ein Ringgebirge von riesigem Ausmaß
auf, das Barbicane als Newton erkannte, für einen Erdmen-
schen eine Sehenswürdigkeit ohnegleichen. Seine Wälle sind
7264 m hoch, und sein Kraterboden liegt so weit unter dem
Niveau der Umgebung, daß die Sonnenstrahlen und das
Erdlicht ihn niemals erreichen. Alexander von Humboldt
hat für ihn den Ausdruck ›absolute Finsternis‹ geprägt; und
alle Mythologien hätten diesen Abstieg zweifellos als Ein-
gang zur Hölle beschrieben.
»Newton ist der Prototyp aller Ringgebirge«, sagte Barbicane. »An ihm erkennt man am deutlichsten, daß die Ober-
flächengestalt des Mondes durch Erkalten entstanden ist.
Während die Hitze des Erdinnern gewaltige Bergmassive
auftrieb, senkte sich der Kraterboden beim Erkalten weit
unter das Mondniveau.«
Bald darauf rückten die Krater Moret und Blancanus ins
Blickfeld; das Ringgebirge Clavius überflogen sie gegen
19.30 Uhr in einer Höhe von 400 km.
»Unsere Erdvulkane«, sagte Barbicane, »sind Maulwurfs-
hügel im Vergleich mit den Mondkratern. Die alten Krater
des Ätna und Vesuv hatten einen Durchmesser von 6000 m,
der Cantal in Frankreich einen Durchmesser von 10 000 m.
Der Ceylon-Krater, der größte der Erde, mißt 70 km. Unser Clavius hier, der größte aller Mondkrater, hat dagegen
einen Durchmesser von 227 km, und zahlreiche andere
stehen ihm nicht nach.«
»Wie muß es hier ausgesehen haben, als diese Krater donnernd ausbrachen und Feuer, schweren Rauch, Lavaströme,
Steinhagel und Aschenregen ausspuckten!« sagte der Fran-

zose. »Welche Öde jetzt! Man hat den tristen Eindruck, der Mond sei nur noch das Gerüst eines längst abgebrannten Feuerwerks, dessen Goldregen, Fünfsterne, Raketen, Böller und bengalische Sonnen nichts als leere, zerrissene Hüllen übriggelassen haben.«

Barbicane war wieder auf seinem Posten und beobachtete den Kratergrund, der wie ein Schaumlöffel von Hunderten kleiner Krater durchbohrt war. Ein einziger Fünftausender überragte diesen Bisquitboden.

Nirgends erschien die Mondoberfläche so chaotisch wie hier. Kein Stein war auf dem anderen geblieben, überall lagen Felsbrocken und Gebirgstrümmer verstreut. Die Kette geborstener Berge, Ringgebirge und Krater riß auf langen Strecken nicht mehr ab, weder Ebenen noch Meere lagen dazwischen. Doch mitten in dieser Wüstenei tauchte plötzlich der strahlende Tycho auf, der am hellsten leuchtende Mondberg.

Bei klarem Himmel ist dieser strahlende Punkt auf der leuchtenden Mondscheibe mit bloßem Auge zu erkennen. Die Mondfahrer mußten ihre Gläser schwärzen, damit sie Tychos Leuchtkraft aus der Entfernung von 600 km überhaupt ertragen konnten.

Wie Aristarch und Kopernikus gehört Tycho dem System der Strahlenberge an. An ihm haben sich die Spuren seiner vulkanischen Bildung am reinsten erhalten. Der leicht elliptische Krater ist 87 km breit, seine Ringwälle steigen im Osten und Westen 5000 m hoch aus der Ebene auf, wie eine Kette von Montblancs, die um einen gemeinsamen Mittelpunkt angeordnet sind.

Keine Photographie hatte Tychos Gestalt und Ausdehnung bis jetzt festhalten können. Bei Vollmond, wenn er am hellsten leuchtet, verschwinden alle Schatten, die Konturen verblassen, die Aufnahmen werden weiß. Dabei ist der Kraterboden von Löchern, kleineren Kratern und sich kreuzenden Lavafalten übersät wie ein von Warzen, Pickeln und Pokkennarben entstelltes Gesicht. Die kochenden und brodelnden Lavamassen sind hier in der Gestalt, in der sie erkalteten, versteinert und verewigt worden.

Die Ringwälle fielen in Terrassen von gewaltigen Höhenunterschieden nach innen und außen hin ab. Für Menschen wären sie unersteigbar gewesen. Eine Stadt, zehnmal so groß wie das alte Rom, hätte innerhalb dieser natürlichen Befestigung Platz gehabt und wäre uneinnehmbar gewesen.

»Ja, eine Stadt, welch eine großartige Stadt könnte man im Schutz dieser Wälle bauen. Einen Ort der Ruhe, ein friedliches Exil, weit ab von allem menschlichen Elend! Wie würden da die Misanthropen, die Menschenhasser und all jene, denen das Leben unter ihren Mitmenschen keinen Spaß mehr macht, still und abgeschieden existieren. Ein Platz auf dem Mond für alle, die es auf der Erde nicht mehr aushalten!«

»Für alle?« fragte Barbicane.

15

Das Projektil hatte den Raum des Tycho-Rings wieder verlassen. Um so besser wurden nun die Lichtstreifen sichtbar, die vom Zentrum des Tycho strahlenförmig nach allen Seiten ausgingen. Direkt unter ihnen zogen sich die leuchtenden Rillen dahin, 20 bis 50 km breit, mit aufgeworfenen Rändern und tiefliegenden Sohlen. Vor allem nach Osten, Nordosten und Norden hin schienen manche dieser 1200 km langen Leuchtstreifen die Hälfte der Südhemisphäre zu bedecken. Einer erstreckte sich bis zum Ringgebirge Neander, ein anderer, 1600 km lang, verlief quer durchs Nektarmeer und endete erst an dem Kettengebirge der Pyrenäen. Auch die Meere des Humors und der Wolken waren von Rillen durchzogen.

In der Astronomie ist man sich längst nicht darüber einig, auf welche Weise diese leuchtenden Streifen entstanden sind. Da sie alle vom Zentrum Tychos ausgehen, hielt sie Herschel für erstarrte Lavaströme. Andere glaubten, es handle sich um Schuttansammlungen, die bei der Bildung des Tychokraters ausgeschleudert wurden.

»Das erscheint mir übrigens ganz plausibel«, sagte Nicholl.

»Womit aber keineswegs erklärt wird, woher die Gewalt kam, die solche vulkanischen Überreste regelmäßig und über solche Entfernungen verstreut hat«, meinte Barbicane.

»Ich wüßte eine Erklärung«, sagte Ardan.

»Nicht möglich!«

»Die Oberfläche ist hier strahlenförmig zersprungen, wie wenn man einen Stein auf eine Glasscheibe wirft.«

»Sehr schön«, antwortete Nicholl. »Und wo nehmen Sie die Hand her, die solche Brocken wirft?«

»Der Stein wirft sich selber, zum Beispiel nach Kometenart.«

»Komet ist überflüssig«, meinte Barbicane. »Der nötige Stoß kann auch aus dem Mondinnern selbst gekommen sein. Das Zusammenziehen beim Erkalten genügte wahrscheinlich schon, um die Oberfläche springen zu lassen.«

»Also gut, eine Mondkolik.«

Sonne und Mond strahlten das Projektil jetzt an, so daß es aussehen mußte wie eine feurige Kugel. In der Kabine wurde es heiß, das Klima auf dem Mond erschien im besten Licht, und Michel Ardan wandte sich von neuem der Frage zu, ob die Freunde ein Leben auf dem Mond für möglich hielten oder nicht.

»Wenn du die Frage anders stellst, könnte ich dir vielleicht antworten«, sagte Barbicane.

»Dann frag dich doch selber.«

»Es handelt sich genaugenommen um zwei Fragen«, sagte Barbicane. »Erstens: ist der Mond bewohnbar? Zweitens: war er schon bewohnt? Zur ersten Frage sage ich nein. Unter den gegenwärtigen Bedingungen, das heißt bei der geringen Menge Atmosphäre, der geringen Bewässerung und Vegetation, den Temperaturunterschieden von weit über zweihundert Grad und den langen Tagen und Nächten, halte ich den Mond für nicht bewohnbar, nicht einmal Tieren würde er ein Existenzminimum bieten.«

»D'accord«, sagte Ardan. »Aber ist es nicht denkbar, daß sich Lebewesen den Bedingungen auf dem Mond angepaßt haben und entsprechend organisiert sind?«

»Eine nicht ungescheite Frage«, antwortete Barbicane. »Aber ich glaube, Nicholl stimmt mit mir darin überein, daß die sichtbare Äußerung von Leben Bewegung ist. Wir haben die Mondoberfläche aus 500 m Entfernung untersucht und nirgends eine Spur von Bewegung entdeckt. Überall haben wir nur die erstarrten Überreste geologischer Arbeit gesehen. Gibt es dennoch irgendeine Gattung von Organismen auf dem Mond, so ist ihr Leben starr, es läuft ohne Bewegung ab.«

»Ein Leben ohne Leben«, sagte Ardan. »Gehen wir ans Protokoll. Die Sachverständigenkommission im Außenposten des Kanonenclubs gibt nach gewissenhafter Beobachtung und empirisch gestützter Beweisführung einstimmig ihr Communiqué heraus: der Mond ist nicht bewohnbar.«

Der Präsident trug diese Erklärung unter dem Datum des 6. Dezember mit steiler Schrift in sein Notizbuch ein. Dann setzte er seine Erklärung fort: »Die zweite Frage war für mich schon vor meinem Abflug klar, und unsere Beobachtungen haben meine Theorie erhärtet. Ich behaupte, daß der Mond früher von einer menschenähnlichen Rasse besiedelt war, und die Mondfauna entsprach der irdischen Tierwelt in ihrer anatomischen Struktur. Deren Zeit aber ist längst vorbei.«

»Du glaubst also, daß der Mond älter ist als die Erde«, fragte Michel Ardan.

»Nein. Aber er ist früher gealtert. Das Leben auf ihm ist schneller entstanden und wieder vergangen. Die zerklüftete, zerrissene und aufgeplatzte Oberfläche läßt darauf schließen, daß im Innern des Mondes gewaltigere Energien am Werk waren als auf der Erde. Während der Bildung unseres Planetensystems waren Erde und Mond zunächst nur Gaskörper, die allmählich in den flüssigen Aggregatzustand übergingen und sich zuletzt verfestigten. Der Mond war schon erkaltet und bewohnbar, als die Erdkugel noch flüssig oder gasförmig war. Damals besaß der Mond eine dichte Atmosphäre, deren Dunsthülle die Gewässer am Verdampfen hinderte. Die Kontinente waren von dichtem Pflanzenwuchs bedeckt, und da die Natur weder Licht, Luft, noch Wärme verschwendet, muß es auch tierisches und menschliches Leben gegeben haben. Alles, was möglich ist, tritt auch eines Tages ein.«

»Und wie sollen diese Lebewesen die langen Tage und Nächte ausgehalten haben?« fragte Nicholl.

»Ich gebe zu, daß ein irdischer Organismus die gegenwärti-

gen Temperaturunterschiede nicht ohne Störungen über-
stehen würde. Man darf aber nicht vergessen, daß damals
Wolken das Sonnenlicht dämpften, und die Dunstschleier
verhinderten, daß in den Nächten die Wärme in den Weltraum entwich. Ich bin übrigens fest davon überzeugt, daß
damals die Tage und Nächte auf dem Mond nicht so lange
gedauert haben.«

»Ich glaube wieder einmal, ich höre nicht recht«, sagte Ardan.

»Wer sagt denn, daß sich der Mond damals genauso um die
Erde gedreht hat wie heute? Für diese Bahn ist allein die
Erdanziehung verantwortlich. Aber so lange die Erde sich
im flüssigen Stadium befand, war ihre Anziehung vielleicht
viel zu schwach, um den Mond beeinflussen zu können.«

»Und du nimmst an«, sagte Ardan, »daß sich die Menschen
auf dem Mond irgendwann verflüchtigt haben, nachdem es
ihnen zu dumm geworden war, zu warm oder zu kalt?«

»Ja, nach einigen Jahrtausenden. Das lunare Leben ist auf
die gleiche Weise zugrunde gegangen, wie auch das Erden-
leben eines Tages verschwinden wird: durch Verflüchtigung
der Atmosphäre und Erkalten der Materie. Sobald das
Mondmagma kälter wurde und sich zusammenzog, erstarrte
auch die Oberfläche und ließ alle lebenden Organismen verschwinden. Das Wasser verdunstete, und die Lufthülle entwich in den Weltraum, und damit gab es nicht einmal die
minimalsten Lebensbedingungen mehr.«

»Du hast gesagt, der Erde wird das gleiche blühen?«

»Aller Wahrscheinlichkeit nach.«

»Und wann?«

»Wenn die Erdrinde gefriert.«

»Sicher hast du schon ausgerechnet, wann das sein wird.«

»Ja.«

»Hast du die Zahlen parat?«

»Allerdings.«

»Dann sag sie doch endlich, du gefühlloses Phlegma!« rief
Michel Ardan. »Das ist doch eine Frage von höchstem Interesse.«

»Analog der Temperaturabnahme im Lauf eines Jahrtau-
sends«, antwortete Barbicane, »wird die Durchschnittstem-
peratur nach 400 000 Jahren auf Null gesunken sein.«

»Gott sei dank«, sagte der Franzose, und man wußte nicht genau, ob die Erleichterung gespielt war. »Ich hatte schon Angst, es ginge schneller.«

Das Projektil hatte sich inzwischen zunehmend von der Mondoberfläche entfernt. Auf der Höhe des Ringgebirges Willem am 40. Breitengrad betrug seine Distanz schon 800 Kilometer. Stöfler blieb rechts liegen, die Bahn führte an der Südseite des Wolkenmeers entlang. In der vollen Beleuchtung verschwammen die Umrisse anderer Krater, Bulliald, Purbach und Arzachel, bald war die Kapsel so weit abgekommen, daß die bizarren, fremdartigen Formationen bis zur Unkenntlichkeit zusammenliefen; nur noch die vage Erinnerung blieb.

16

Moses und die Mondfahrer hatten die Länder ihrer Sehnsucht nur aus der Ferne gesehen. Das Projektil schien weiterhin eine elliptische Bahn zu beschreiben, bis Barbicane bemerkte, daß es sich um seine Querachse drehte und mit dem Bodenstück auf die Erde zeigte. Wenn das mit der elliptischen Bahn stimmte, dann mußte sie ganz langgestreckt sein. Womöglich reichte sie bis zu dem Punkt, an dem sich Mond- und Erdanziehung aufheben.

»Und dann?« fragte Michel Ardan.

»Dann gibt es zwei Möglichkeiten«, antwortete Barbicane. »Entweder die Kraft unserer Bewegung reicht gerade bis zu diesem Punkt, dann müssen wir dort verharren...«

»Und was geschieht dann?«

»Das große Unbekannte.«

»Stehenbleiben ist nie gut«, sagte der Franzose.

»Oder wir kreisen ewig auf dieser Ellipsenbahn um das Nachtgestirn, als Knecht des Mondes, zu dessen Herrn, der Erde, wir eigentlich gehören.«

»Das ist das Schlimmste nicht«, sagte Ardan. »Der Knecht ist die Wahrheit des Herrn, sagt Hegel, so bleiben wir eben die Wahrheit des Mondes.«

»Ob als Herr oder als Knecht«, sagte Nicholl, »das Fürchterliche ist: wir können nichts mehr tun.«

»Auch die Wissenschaft kann nicht gegen das Unmögliche ankämpfen«, antwortete Barbicane.

»Aber was ist denn schon die Wissenschaft gegen zwei Amerikaner und einen Franzosen, die entschlossen sind, zu handeln?« rief Michel. »Warum sollen wir unsere Bewegung nicht beeinflussen können?«

»Ja, wie denn?«

»Ihr seid die Empiriker. Was taugt denn ein Artillerist, der nicht mehr Herr über sein Geschoß ist? Wenn die Kugel mit dem Kanonier exerziert, gehört der Kanonier ins Rohr gestopft. Was seid ihr bloß für Wissenschaftler. Zuerst verführt ihr einen . . .«

»Was, verführt?« schrien Nicholl und Barbicane.

»Ich habe ja gar nichts gesagt«, antwortete Ardan. »Bis jetzt hat mir die Reise gut gefallen, doch, sehr schön. Aber ich werde sie noch schöner finden, wenn es wieder Richtung Erde geht.«

»Glaubst du vielleicht, wir wären nicht schon wieder auf dem Hinweg, wenn wir wüßten wie?« fragte Barbicane.

»Läßt sich unsere Kapsel überhaupt nicht lenken?«

»Nein.«

»Auch nicht bremsen?«

»Nein.«

»Und wenn wir Ballast abwerfen?«

»Wir haben keinen Ballast«, antwortete Nicholl. »Außerdem würde ein leichteres Fahrzeug nur noch schneller fahren.«

»Nein, langsamer«, sagte Ardan. »Ich glaube, es fährt langsamer.«

»Nein, schneller!«

»Weder noch«, sagte Barbicane. »Im leeren Raum fällt überhaupt nichts ins Gewicht.«

»Ich sehe nur noch einen Ausweg«, sagte Ardan und präsentierte seine Standardlösung: »*A table*, Frühstück!«

Um 2 Uhr morgens: es war ein Verlegenheitsfrühstück, das zwar die Bahn nicht verbesserte, wohl aber die Gefühle im Magen.

Einen Tag nach Neulicht war von der Erde nichts zu sehen, erst zwei Tage später würde sich ihre Sichel unter den Sonnenstrahlen abzeichnen. Der Mond strahlte dagegen in voller Beleuchtung, das Licht der Sterne im Hintergrund konnte sie nicht schwächen. Schon erschienen die Mondmeere, aber genauso grau und düster, wie man sie von der Erde aus sieht, nur Tycho strahlte noch wie eine kleine Sonne daraus hervor.

Mit dem Mond rückte auch jeder Anhaltspunkt ferner, woran man die Geschwindigkeit des Projektils hätte messen können. Nach den Gesetzen der klassischen Mechanik hätte sich die Fahrt des Projektils allmählich vermindern müssen, vorausgesetzt, die elliptische Bahn wurde beibehalten. Kreist ein Körper als Trabant um einen anderen, so befindet sich der anziehende Körper immer in einem Brennpunkt der Ellipse. Der Trabant ist dem Brennpunkt bald näher, bald ferner. Auch die Erde kam in eine größte Nähe zur Sonne, ihr Perihel, und in eine größte Ferne, ihr Aphel. Genauso verhielt sich der Mond in bezug auf die Erde und das Projektil in bezug auf den Mond. In der Aposelene mußte es am langsamsten kreisen, in der Periselene am schnellsten. Höchstwahrscheinlich näherte sich jetzt die Kapsel dem Punkt der größten Mondferne, so daß sich seine Geschwindigkeit bis zu dem Moment kontinuierlich verringern mußte, an dem sich die Ellipsenbahn wieder dem Mond zuneigte. Fiel die Aposelene aber mit dem Punkt der neutralen Anziehung zusammen, dann mußte dort die Bewegung des Projektils zum Stillstand kommen.

»Mon Dieu, sind wir Idioten!« rief Michel Ardan plötzlich.

»Das fürchte ich auch seit einiger Zeit«, antwortete Barbicane.

»Die schönste Bremse haben wir dabei und benutzen sie nicht.«

»Hast du sie heimlich eingebaut?«

»Wir alle haben doch die Raketen montiert. Warum zünden wir die denn nicht?«

»Alles zu seiner Zeit«, antwortete Barbicane. »Ich dachte auch schon daran. Aber wenn wir sie jetzt zünden, werden wir vom Mond abgetrieben, statt daß wir ihm näherkommen. Oder will das jemand?«

»Natürlich nicht.«

»Ich habe bemerkt, daß sich unser Bodenstück immer mehr der Erde zuneigt, so daß die Spitze am Punkt der Schwerelosigkeit wahrscheinlich genau auf den Mond zeigen wird. Wenn in diesem Augenblick die Geschwindigkeit gleich Null ist, müssen wir die Raketen zünden; vielleicht werden wir dann direkt auf den Mond fallen. Bei der Hinfahrt wäre das Manöver nutzlos gewesen, weil unsere Eigengeschwindigkeit jede andere Bewegungsenergie geschluckt hätte.«

»Ihr Urteil ist wie fast immer unfehlbar«, sagte Nicholl.

»Warten wir ab! Ich habe jedenfalls wieder einige Hoffnung, daß wir unser Ziel doch noch erreichen.«

Sie versuchten jetzt, das Communiqué über die Unbewohnbarkeit des Mondes zu verdrängen. Michel lärmte hurrarufend herum, Nicholl und Barbicane begannen »Nearer, my moon, to thee« zu singen.

Kaum war die letzte Terz verklungen, saß Barbicane wieder da und rechnete. Er versuchte den genauen Moment zu bestimmen, in dem das Projektil am neutralen Punkt ankommen würde, wo die Raketen gezündet werden müßten. Die Zeit, die das Projektil zuvor vom neutralen Punkt bis zum Nordpol gebraucht hatte, war registriert. Barbicane brauchte nur die Zeit, die seit dem Passieren des Südpols verstrichen war, davon abzuziehen, und er konnte den Augenblick der Schwerelosigkeit vorausbestimmen. Am 8. Dezember um 1 Uhr früh würde es soweit sein. 22 h lang mußten die Mondfahrer noch auf ihrer Ellipsenbahn bleiben.

Ursprünglich als Bremsen gedacht, um den Aufprall auf den Mond zu hemmen, sollten die Raketen nun als Antrieb dienen. Keiner der Mondfahrer hatte Bedenken, sie zu zünden und damit alles auf eine Karte zu setzen.

»Ich mache euch einen Vorschlag«, sagte Nicholl.

»Bittschön.«

»Schlafen.«

»Nicht möglich!« rief Michel Ardan.

»Seit vierzehn Stunden haben wir kein Auge mehr zugetan, und wir müssen uns dringend erholen«, sagte Nicholl.

»Ich nicht«, antwortete Ardan.

»Ich schlafe.«

Kaum hatte sich Nicholl auf dem Diwan ausgestreckt, da schnarchte er auch schon. Barbicane fiel bald ein, und Ardan langweilte sich.

»Nicht immer hat ein Empiriker unrecht«, sagte er sich schließlich, machte die Beine lang und legte den Kopf auf den Arm.

Aber alle drei waren viel zu angespannt, als daß sie ruhig und tief hätten schlafen können. Schon um 7 Uhr früh waren sie wieder auf den Beinen. Das Projektil hatte sich beträchtlich vom Mond entfernt und den Boden immer mehr zur Erde gedreht, was den Mondfahrern zwar unerklärlich, aber nicht unlieb war.

Noch 18 h blieben ihnen jetzt bis zum Moment des Handelns.

Ungeduldig zählten sie die Stunden bis zu dem Augenblick, in dem sich entscheiden würde, ob das Projektil auf den Mond fallen oder ewig als Trabant um ihn kreisen sollte. Barbicane und Nicholl überprüften ihre Rechnungen wohl zum hundertsten Male, Michel ging in der Kabine auf und ab, sah nach den Hühnern und fütterte den Hund.

Dazwischen schlichen sich verstohlen recht irdische Gedanken ein. Würden sie ihre Kanonen-Freunde, vor allem den teuren James T. Maston, wiedersehen? Was hatte der wohl gedacht, als er vor seinem Okular in den Rocky Mountains saß und das Projektil hinter dem Nordpol verschwinden und am Südpol wieder auftauchen sah? Wußte bereits alle Welt, daß aus dem Geschoß ein Mondmond geworden war?

Auf der Erde war es nun Mitternacht, der 8. Dezember brach an. Auch wenn sich ein Fehler in Barbicanes Rechnungen eingeschlichen haben sollte, konnte der Moment des Nullpunkts dadurch genau bestimmt werden, daß man in der Kabine das Fehlen der Schwerkraft ja bemerken würde. Das war der Zeitpunkt, an dem die Raketen gezündet werden mußten.

Die konische Spitze zeigte genau auf das Mondzentrum, so daß die volle Schubkraft der Raketen wirken konnte. Es war nichts anderes denkbar, als daß ein geballter Stoß die Kapsel auf den Mond befördern würde.

»Noch fünf Minuten bis ein Uhr«, sagte Nicholl.

Ardan hielt schon eine brennende Lunte in der Hand und meldete: »Klar zum Zünden!«

»Einen Augenblick noch«, sagte Nicholl und hielt das Chronometer hoch.

Die Schwerkraft hatte inzwischen ständig abgenommen und schien in diesem Augenblick ganz verschwunden zu sein. Wenn das Projektil den neutralen Punkt noch nicht erreicht hatte, so war es ihm zumindest nahe.

»Ein Uhr!« riefen Nicholl und Barbicane zugleich.

Ardan hielt die Lunte an die Zünder, und alle Raketen gingen gemeinsam los. Einen Augenblick lang wurde das Projektil geschüttelt, aber man hörte keinen Knall im leeren Raum. Durch das Lukenfenster sah Barbicane, daß die Kapsel einen feurigen Schweif hinter sich herzog, der aber bald verlöschte.

Die drei Freunde sprachen kein Wort und wagten kaum zu atmen, minutenlang verharrten sie ohne Bewegung, als könne sie die minimalste Erschütterung wieder von der Bahn abbringen.

»Also, was ist denn, fallen wir?« fragte Ardan plötzlich.

»Anscheinend nicht«, antwortete Nicholl mit zusammengepreßten Lippen an seiner Luke.

»Doch, wir fallen.«

»Leute, es geht zum Mond!« rief Ardan.

»Sei mir nicht böse, Michel«, sagte Barbicane, »wenn ich dich wieder korrigieren muß. Es geht zur Erde.«

»Zum Teufel!« rief der Franzose. »Ich erinnere mich jetzt deutlich daran, wie wir schon bei der Abfahrt ahnten, daß es leichter sei, in die Kabine herein- als wieder hinauszukommen.«

Der unaufhaltsame Sturz hatte seinen Anfang genommen. Das Projektil war zu schnell geflogen, um auf dem neutralen Punkt zum Stillstand zu kommen. Nutzlos waren die Raketen verpufft. Die gleiche überhöhte Geschwindigkeit, welche die Mondfahrer beim Anflug über den schwerelosen Punkt hinausgetrieben hatte, ließ sie jetzt wieder zur Erde hinabstürzen.

Und diesen Sturz aus einer Höhe von 346 320 km konnte jetzt nichts mehr aufhalten. Der Ballistiker Barbicane wußte, daß die Kapsel mit der gleichen Geschwindigkeit wieder

auf der Erde auftreffen mußte, mit der sie abgefahren war:
16 000 m/sec.

Jeder von einem der 70 m hohen Türme der Notre-Dame
in Paris herabgeworfene Gegenstand knallt mit 532 km/h auf
das Pflaster. Das Projektil dagegen mußte mit einer Geschwindigkeit von 58 800 km/h auf die Erdoberfläche prallen!

»Es ist eben aus«, sagte Nicholl kalt.

17

»Wie steht's, Leutnant?«

»Wir sind bald fertig«, sagte Leutnant Bronsfield. »Wer
hätte gedacht, daß sich nur 400 km vor der amerikanischen
Küste ein so tiefer Meeresgraben befindet.«

»Ein richtiges Tal auf dem Meeresgrund«, antwortete Kapitän Blomsberry, »vom Humboldtstrom ausgewaschen, der
sich bis zur Meerenge des Magellan an der amerikanischen
Küste entlangzieht. Wie weit sind wir jetzt mit der Leine
heraus?«

»Schon 7000 m Schnur sind . . .«

»Grund!« rief da einer der Bootsleute.

Kapitän und Leutnant eilten auf das Vordeck.

»Wie tief?« fragte der Kapitän.

»7254 m«, antwortete der Leutnant.

»Dann lassen Sie die Sonde heraufziehen, der Kessel wird
schon vorgeheizt, sobald Sie fertig sind, lichten wir die Anker. Es ist 22 Uhr, und ich gehe jetzt schlafen, wenn Sie
gestatten.«

Der Kapitän der Susquehanna war ein leutseliger Vorge-
setzter. In seiner Kabine nahm er einen Grog, klopfte einem
Steward auf die Schulter und legte sich erst schlafen, nachdem er seinen Burschen für einwandfreien Bettenbau gelobt
hatte. Man schrieb den 22. Dezember. Eine sternklare Nacht
war aufgezogen. Der Wind hatte sich gelegt, schlaff hing der
Wimpel am Mast.

Die Susquehanna, eine Corvette der amerikanischen Natio-
nalmarine mit einer Maschine von 500 PS, ankerte 400 km

vor der amerikanischen Küste im Pazifik, gegenüber der schmalen Halbinsel von New Mexiko. Sie hatte den Auftrag, den Meeresboden zwischen Hawai und der amerikanischen Küste zu sondieren, auf dem ein Unterseekabel verlegt werden sollte.

Das Mammutprojekt war von einer kapitalkräftigen Gesellschaft in die Hand genommen worden, deren Direktor Cyrus Field einen Plan ausgearbeitet hatte, nach dem alle Inseln des Pazifischen Ozeans mit Strom versorgt werden konnten — auch dies eines der Vorhaben, die dem Geist Amerikas voll und ganz entsprechen.

Die Susquehanna gehörte zum Vorkommando. In der Nacht vom 11. zum 12. Dezember lag sie unter $27°7'$ nördlicher Breite und $41°37'$ westlicher Länge vom Washington-Meridian.

Leutnant Bronsfield stand noch mit einigen Offizieren auf dem Achterdeck, als der Mond, schon im letzten Viertel, über den Horizont stieg. Nicht nur diese paar Seeleute, sondern die Bewohner einer Hälfte der Erde sahen um diese Zeit in den Mond, obwohl das kreisende Projektil auch mit den besten Seefernrohren nicht zu entdecken war. Dennoch waren Millionen von Gläsern und Lorgnetten zum Nachthimmel gerichtet.

»Was aus den Männern jetzt wohl geworden ist?« sagte der Leutnant.

»Na, was würden Sie denn tun, wenn Sie in ein fremdes Land kämen?« fragte ein Fähnrich.

»Ich bin überzeugt«, sagte ein anderer, »daß sie bestens gelandet sind. Das Projektil steckt zwar zwischen vulkanischen Trümmern noch ein bißchen im Boden, aber schon ist ihr Luxussalon an einem Bachufer eingerichtet, ein kühler Wind streicht durch das Tal, und ein Zelt schützt sie vor Sonnenstichen. Nicholl vermißt Grundstücke, Barbicane stellt sein Reisejournal zusammen und Michel Ardan verpestet die Mondluft mit seinen Gauloises.«

»Schön, und woher haben Sie die Nachricht?«

»Herr Leutnant, Präsident Barbicane hat mir geschrieben.«

Einige fanden das komisch und lachten. Der Fähnrich wurde jedoch ernst und erklärte voller Eifer: »Das Longs-Peak-Te-

»Kommandant, SIE sind zurückgekehrt!« brüllte der Fähnrich, als Kapitän Blomsberry im Pyjama erschien.

leskop kann doch den Mond bis auf 8 km Nähe heranholen, das heißt, Gegenstände von 3 m Durchmesser sind noch sichtbar. Wenn unsere klugen Mondfreunde eine Schrift benutzen würden, in der die Wörter 200 m und die Sätze 2000 m lang sind, dann wäre die Nachrichtenfrage gelöst.«
Der phantasievolle Vorschlag des jungen Fähnrichs fand einigen Beifall. Sogar Leutnant Bronsfield erwachte aus seiner Lethargie und führte aus, mit parabolischen Spiegeln könne man Lichtstrahlen bündeln und so eine Direktverbindung herstellen. Der Nachrichtenverkehr müsse allerdings einseitig bleiben, da auf dem Mond die nötigen Empfangsapparate fehlten.

»Mich interessiert vor allem, was aus den dreien geworden ist, was sie erlebt und gesehen haben«, sagte einer der Offiziere. »Wenn alles geklappt hat, und das bezweifle ich nicht, ist das sowieso nicht der letzte Schuß gewesen. Die Columbiade steckt noch im Boden Floridas und braucht nur nachgeladen zu werden. Dann könnte man jedesmal, wenn der Mond im Zenit steht, eine Ladung Besucher hinaufschießen.«

»Zuerst geht sicher James T. Maston ab«, meinte Leutnant Bronsfield. »Vielleicht sogar schon in ein paar Tagen.«

»Da muß ich mit«, rief der phantasievolle Fähnrich.

»Sie werden nicht der einzige sein«, antwortete Bronsfield, »man wird bald Reisebüros einrichten müssen, um den Besucherstrom zu bewältigen.«

Bis ein Uhr morgens klönten die Offiziere. Je höher der Mond stieg, desto höher schraubten sie ihre verwegenen Pläne. Seit Barbicane die Erde verlassen hatte, war das Wort »unmöglich« ein für allemal aus Amerikas Sprachschatz gestrichen worden. Nicht nur Wissenschaftler mit ihren Instituten und Laboratorien dachten sich die Matrosen auf den Mond geschossen, sondern auch ganze Siedlungsgesellschaften und eine hochgerüstete Armee mit Infanterie, Artillerie und Kavallerie.

Die Tiefensonde war immer noch nicht oben, 6000 m Leine hingen noch im Meer. In den Bunkern wurde gearbeitet, die Kessel hatten Druck, die Susquehanna konnte jederzeit die Anker lichten.

Um 1.17 Uhr kam die Ablösung für Leutnant Bronsfield.

Er wollte gerade das Deck verlassen, um in seine Kabine zu gehen, als ihm ein fernes, durchdringendes Pfeifen auffiel.

Zuerst glaubte er, wie seine Kameraden, durch das Überdruckventil entwiche Dampf; aber das Pfeifgeräusch war viel zu weit entfernt, es mußte aus der Stratosphäre kommen. Alle reckten die Hälse.

Zu langem Rätseln blieb keine Zeit, denn das Pfeifen betäubte bald die Ohren. Alle rissen nur noch die Augen auf: ein riesiger Bolid erschien plötzlich am Himmel und zog einen Flammenschweif hinter sich her.

Der Feuerball vergrößerte sich rasend schnell und schien direkt auf sie zu stürzen, aber ehe sie in Deckung gehen konnten, war schon der Bugspriet dicht am Vordersteven zerschmettert, und die glühende Kugel versank donnernd, zischend und dampfend in der Tiefe. Es hätte nicht viel gefehlt, dann wäre die Susquehanna mittschiffs zerschmettert worden.

Da erschien auch schon der Kapitän im Pyjama auf dem Vordeck:

»Meine Herren, hatten Sie besondere Vorkommnisse?«

Der Fähnrich meldete:

»Herr Kommandant, SIE sind zurück!«

18

An Bord der Susquehanna ging alles drunter und drüber. Keiner dachte mehr an die Todesgefahr, der sie soeben entronnen waren, sondern nur an das tragische Ende der Mondreise. Das kühnste wissenschaftliche Unternehmen seit Menschengedenken hatte drei Männern das Leben gekostet.

Keiner zweifelte daran, daß der Bolid das Geschoß des Kanonenclubs war. Nur über die Chancen der Mondfahrer stritt man sich noch.

»Sie sind umgekommen«, sagte einer.

»Ach was«, sagte ein anderer, »das Wasser wirkt doch wie ein Sprungtuch!«

»Aber Luft haben sie nicht mehr und sind erstickt.«

»Verkohlt sind sie, das Projektil hatte ja schon die Weißglut erreicht.«

»Ob Leiche oder nicht: wir müssen sie holen.«

Kapitän Blomsberry rief seine Offiziere zusammen und beriet mit ihnen die nächsten Aktionen. Das Projektil mußte herausgeholt werden, die Frage war nur, womit, denn die Corvette besaß weder exakte Meßgeräte noch die nötigen starken Dampfwinden. Man beschloß, im nächsten Hafen an Land zu gehen und dem Kanonenclub die Rückkehr des Projektils zu melden.

Unter dem 27. Breitengrad hätte man jedoch nur den Hafen von Monterey anlaufen können, der aber in einem unwirtlichen Gebiet lag und keine Telegraphenverbindung besaß. Nur ein Kabel jedoch konnte die Nachricht schnell genug ins Landesinnere befördern.

Schließlich entschied man sich für den Hafen von San Francisco, der Goldgräberhauptstadt. Von dort aus gab es genug Verbindungen zu den Ballungsräumen der Vereinigten Staaten. Wenn die Susquehanna sofort auf Volldampf ging, konnte man in zwei Tagen die Küste erreichen.

Jetzt hätten unverzüglich alle Segel gesetzt werden können, wenn die Sonde nicht noch 4000 m unter Wasser gehangen hätte. Kapitän Blomsberry entschloß sich jedoch, die Leine zu kappen.

»Wir werfen eine Boje aus und machen das Ende der Sondenleine fest, damit wir später auch wissen, wo das Projektil versunken ist.«

»Außerdem ist unsere Position jetzt genau $27°7'$ nördlicher Breite und $41°37'$ westlicher Länge«, sagte der Leutnant.

»Okay, Bronsfield«, rief der Kapitän, »lassen Sie die Leine kappen.«

Eine dicke, mit Sparren verstärkte Boje ging zu Wasser. Das Leinenende wurde daran festgemacht. Trotz der leichten Dünung konnte sie ihre Lage kaum verändern.

Der Maschineningenieur meldete klar zur Abfahrt, und der Kapitän befahl Kurs Nordnordost. Es war inzwischen 3 Uhr früh. 36 h später hatte die Susquehanna bereits die 500 Seemeilen bis San Francisco zurückgelegt. Am 14. Dezember um 13.27 Uhr machte sie vor der Reede der kalifornischen Hauptstadt fest.

Die Marinecorvette mit gebrochenem Bugspriet und gestütztem Fockmast erregte großes Aufsehen; bald versammelte sich eine dichte Menschenmenge am Kai.

Kaum war der Anker herabgelassen, da wriggelten Kapitän Blomsberry und Leutnant Bronsfield an Land und sprangen auf die Kaimauer.

»Wo ist die Telegraphenstation?« schrien sie und bahnten sich einen Weg durch die lärmende Menschenmenge. Der Hafenoffizier begleitete sie in das Büro, und die Menge quoll hinterher. Wenige Minuten später war eine Depesche an vier Adressaten abgegangen:

1. An den Generalsekretär der Marineverwaltung, Washington, Pentagon.

2. An den Vizepräsidenten des Kanonenclubs, Baltimore.

3. An Herrn James T. Maston, Longs Peak, Rocky Mountains.

4. An den Direktor des Observatoriums Cambridge, Massachusetts.

Der Text lautete:

»12. Dezember 1.17 Uhr ist das Geschoß der Columbiade unter 27°7′ nördlicher Breite und 41°37′ westlicher Länge im Pazifik versunken. Erwarten weitere Anweisungen. Blomsberry, Kommandant der Corvette Susquehanna.«

Fünf Minuten später wußte ganz San Francisco Bescheid. Noch vor Feierabend hatte sich die Katastrophennachricht in allen Staaten der Union verbreitet. Kurz nach Mitternacht war dank dem Transatlantikkabel auch dem letzten hessischen Landboten klar, was passiert war.

Vom Pentagon kam der telegraphische Befehl, die Suquehanna in der Bucht von San Francisco unter Dampf zu halten, um Tag und Nacht auslaufbereit zu sein.

Das Cambridger Observatorium berief eine außerordentliche Konferenz ein. Heiter und gelöst wie immer diskutierte das Kollegium den wissenschaftlichen Aspekt des Vorgangs.

Im Kanonenclub verlas Vizepräsident Wilcome gerade jene Depesche, in der Maston und Belfast mitteilten, das Projektil sei im Riesenreflektor zu Longs Peak entdeckt worden, es sei nicht auf dem Mond gelandet, sondern zirkuliere als subalterner Trabant. Kaum aber war die widersprechende Meldung Blomsberrys eingetroffen, da spaltete sich der Kanonenclub und hinterließ zwei verfeindete Fraktionen. Die einen vertrauten Blomsberry und der Marine, die anderen James T. Maston und dem Teleskop. Die zweite Fraktion erklärte, die Männer der Susquehanna hätten sich getäuscht und einen Boliden für das Projektil gehalten. Bei den Geschwindigkeiten und Entfernungen, um die es hier ging, konnte jedenfalls mit Sicherheit weder das eine noch das andere behauptet werden. Die Anhänger der Marine hatten jedoch bald ausgerechnet, daß die angegebene Position der Absturzstelle in etwa mit jenem Punkt übereinstimmte, an dem das Projektil bei einer Rückkehr unter den gegebenen Umständen auf die Erde auftreffen mußte.

Schließlich wurden Kommandantenvetter Blomsberry, Hauptmann Bilsby und Major Elphiston einstimmig gebeten, sofort nach San Francisco abzureisen und die Bergung des Projektils zu überwachen. Die Männer brachen unverzüglich auf, fuhren bis St. Louis per Bahn und weiter mit der Expreßdroschke.

Auf dem kalten Longs Peak war es in den letzten Tagen heiß hergegangen. Gleich nach dem Start des Projektils war James T. Maston in die Rocky Mountains abgereist, hatte sich mit J. Belfast, dem Direktor der Sternwarte von Cambridge, getroffen. Beide Männer lösten sich an der Spitze ihres Teleskops ab. Es war ein Reflektor nach dem englischen *front-view*-System, in dem die Lichtstrahlen nur einmal gebrochen werden und sich die Lichtstärke deshalb kaum verringert. Maston und Belfast mußten zur Beobachtung allerdings wie Schornsteinfeger an das obere Ende der metallenen Röhre klettern, an deren Basis, 86 m unter ihnen, der Metallspiegel lag. Auf einer engen Plattform brachten sie die Tage hin; war der Mond tagsüber nicht sichtbar, verfluchten sie den Tag, bedeckten Wolken auch noch den Nachthimmel, verfluchten sie sich gegenseitig.

Als das Projektil in der Nacht des 5. Dezember endlich auf dem Reflektor erschien, war die Freude um so größer; aus einigen weiteren flüchtigen Beobachtungen schlossen sie, das Projektil umkreise den Mond als Trabant, und kabelten diese Nachricht in alle Welt.

Von dieser Nacht an hatten sie das Projektil selbst nicht mehr gesehen, und als es nach ihren Berechnungen wieder hinter dem Mond hervorkommen mußte, hörte auch alle wissenschaftliche Präzision auf. Jeder wollte das Projektil gesehen haben, keiner aber glaubte den Beobachtungen des anderen. Mastons Reizbarkeit steigerte sich von Nacht zu Nacht, so daß es Belfast allmählich mit der Angst bekam. Bald wären sie auch noch handgreiflich geworden, hätte sich nicht etwas Unerwartetes ereignet.

In der Nacht vom 14. zum 15. Dezember saßen die beiden Streithähne am Okular. Zum tausendsten Male wollte der Kanonenclubsekretär das Projektil gesehen haben, sogar den Schnauzbart Ardans hätte er in einer Luke ausmachen können. Je weniger er seine Behauptungen beweisen konnte, desto wilder fuchtelte er dem Astronomen Belfast mit seinem Handhaken vor der Nase herum. Gerade noch zur rechten Zeit kam Belfasts Assistent auf die Plattform geklettert — es war 20 Uhr — und überreichte ein Telegramm aus San Francisco. Belfast schrie auf.

»Sind Sie endgültig übergeschnappt?« rief Maston.

»Das Projektil!«

»Was ist?«

»Ins Wasser gefallen.«

Ein durchdringendes Geheul war die Antwort, dann noch ein markerschütternder, hohler werdender Schrei. Maston war vor Aufregung der Öffnung des 86 m langen Teleskops zu nahe gekommen und hineingestürzt.

Aber Belfast konnte aufatmen. Er sah Maston nur einige Meter unterhalb der Öffnung hängen, gerettet von seinem Handhaken, der sich an einer Verstrebung verfangen hatte. Er brüllte fürchterlich.

Auf Belfasts Hilferufe kamen Assistenten mit Tauen und hievten den Schriftführer wieder nach oben. Im großen und ganzen war er noch heil.

»Und wenn ich jetzt den Spiegel zerbrochen hätte?« fragte er.

»Dann hätten Sie ihn bezahlen müssen«, antwortete Belfast ungerührt.

»Und wo ist das dreimal verfluchte Geschoß heruntergekommen?«

»Im Pazifik.«

»Nichts wie hin.«

Innerhalb einer Viertelstunde waren sie schon auf dem Abstieg von den Rocky Mountains. Zwei Tage später, zur gleichen Zeit wie die Freunde vom Kanonenclub, kamen sie auf Kosten von fünf Pferdeleben in San Francisco an.

Elphiston, Blomsberry und Bilsby liefen ihnen entgegen und riefen: »Was jetzt?«

»Hauen wir sie heraus«, brüllte Maston, »und zwar so schnell es geht.«

19

Man kannte zwar die Stelle, an der das Projektil versunken war; aber es gab keine Maschine, um es zu heben. Die besten Ingenieure wurden an die Reißbretter geschickt, um geeignete Konstruktionen zu entwerfen und ausführen zu lassen. Mit den stärksten Dampfmaschinen gekoppelt, mußten die neuen Geräte in der Lage sein, die Kapsel heraufzuwinden. Schließlich war sie im Wasser leichter als zu Lande. Auf jeden Fall war Eile geboten.

Drei Schichten arbeiteten unablässig an der Umrüstung der Susquehanna. Mit 9625 kg Gewicht war das Projektil zwar viel leichter als das Transatlantikkabel, das man schon längst hatte heben können, aber man fragte sich, wie man es an seinen glatten Wänden packen sollte. Inzwischen war auch Ingenieur Murchison in San Francisco eingetroffen. Er ließ riesige Greifhaken zusammenschweißen, deren Automatik das Projektil nicht mehr loslassen würde, sobald die Zangen einmal gefaßt hatten. Dazu wurden Taucherausrüstungen und eine Taucherkugel bestellt, deren Schotten geflutet werden konnten, damit sie auch in größere Tiefen sank. Zufällig lagen einige solcher Taucherkugeln parat, man hatte sie im Hafen von San Francisco beim Bau eines Unterseedamms verwendet.

Die Tage vergingen, allmählich wurden Zweifel laut, ob die Mondfahrer überhaupt noch am Leben seien. Möglicherweise hatte die Tiefe von 6000 Metern den Sturz doch nicht hinreichend bremsen können?

Obwohl die Produktion der Maschinen auf vollen Touren lief und obwohl die Regierung der Vereinigten Staaten riesige Summen zur Verfügung gestellt hatte, wurden die Arbeiten erst nach fünf Tagen abgeschlossen. Aus aller Welt trafen während dieser Zeit Telegramme ein, Barbicanes, Nicholls und Ardans Bergung wurde zur internationalen Angelegenheit. Besonders die Staaten, die ihr Geld in das Unternehmen des Kanonenclubs investiert hatten, zeigten sich am Schicksal der Mondfahrer interessiert.

Endlich konnten die Ketten, Winden, Taucherkugeln und automatischen Greifer an Bord gebracht werden, und auch Murchison, Maston und die Delegierten des Kanonenclubs bezogen Quartier. Am Abend des 21. Dezember um 20 Uhr lief die Corvette bei ruhiger See und kaltem Nordostwind aus. Die Bevölkerung von ganz San Francisco war auf den Beinen und drängte sich stumm auf den Kais, die Stimmbänder wurden bis zur Rückkehr geschont. Das Manometer im Kesselraum der Susquehanna zeigte das Maximum an, mit meterhoher Bugwelle schoß die Corvette aus der Bucht von San Francisco. Zwischen ihren Planken gab es nur ein einziges Gesprächsthema.

Am 23. Dezember um 8 Uhr morgens sollte die Suquehanna die Absturzstelle erreichen. Die Suche nach der zurückgelassenen Boje aber zog sich noch bis Mittag hin. Um 12 Uhr rief Kapitän Blomsberry seine Offiziere und die Mitglieder des Kanonenclubs zusammen. Nur noch wenige Minuten trennten die Susquehanna von der Stelle, an der das Projektil in den Fluten versunken war. Die Corvette drehte bei, nach weiteren 47 Minuten kam die Boje in Sicht.

»Können wir anfangen?« fragte Kapitän Blomsberry.

»Nichts wie los!« rief Maston.

Ingenieur Murchison wollte zuerst den Meeresgrund absuchen, bevor man die Haken zu Wasser ließ. Die Taucherkugeln wurden mit Druckluft gespeist, um dem enormen Wasserdruck in der Tiefe von 6000 m standhalten zu können. Dennoch war das Unternehmen keineswegs ungefährlich, weil der Stahlmantel der Kugeln unter dem Druck zerspringen konnte.

Ohne zu zögern, kletterten J. T. Maston, Oberst Blomsberry und Ingenieur Murchison in die erste Kugel. Von der
Brücke aus überwachte der Kommandant das Manöver, um
auf ein Zeichen den Tauchapparat sofort wieder einholen
zu können. Die Schraube hatte man inzwischen ausgekup-
pelt, damit die volle Maschinenkraft auf die Winden über-
tragen werden konnte.
Um 1.25 Uhr wurde die Kugel über Bord gehievt und
tauchte unter dem Gewicht der vollgefüllten Wasserkammern ins Meer hinab.
Die Offiziere und Matrosen sorgten sich nun um die Ein-
geschlossenen zweier Kugeln. Der Tauchapparat sank sehr
rasch. Schon um 14.17 Uhr hatte er Grund. Soweit man aber
sehen konnte, war der Meeresboden öde und kahl, weder
Pflanzen noch Tiere zeigten sich. Weithin strahlten die
Scheinwerfer; vom Projektil aber keine Spur.
Schließlich wurden die Insassen ungeduldig und gaben durch
ein elektrisches Kabel der Susquehanna ein verabredetes
Signal durch, wonach sie langsam eine Seemeile weit über
Grund geschleppt wurden.
Aber mit jedem Meter wurden sie mutloser. Mehrfach
glaubten sie schon, das Projektil entdeckt zu haben, aber
dann war es doch nur ein aufragender Felsen oder eine Er-
höhung im Meeresboden.
»Wo stecken sie denn, wo?« rief Maston und schrie laut
nach Nicholl, Barbicane und Ardan, als spielten sie nur
Versteck.
Die Suche wurde erst abgebrochen, als die Atemluft in der
Kugel fast verbraucht war. Gegen sechs Uhr zogen die
Winden an, aber erst um Mitternacht erreichte die Kugel
die Oberfläche. Ohnmächtig und halb erstickt taumelten drei
bleiche Gestalten an Deck.
»Morgen wird weitergemacht«, stöhnte Maston.
»Jawohl«, antwortete der Kapitän.
»Aber woanders.«
Maston brach bewußtlos zusammen. Auch seine Kamera-
den hatten schon einigen Schwung verloren. Vieles, was an
Land noch so einfach schien, war auf hoher See nicht zu be-
werkstelligen. Jeder Plan schien hier sinnlos, nur noch ein
Zufall konnte sie das Projektil finden lassen. Am 24. De-

zember begann man noch einmal von vorne. Quadratmeter um Quadratmeter wurde abgesucht, aber weder am 24., 25. oder 26. fand sich eine Spur.

Wenn die Mondfahrer den Absturz auch überstanden hatten; bald mußten sie völlig unheroisch ersticken. Seit 26 Tagen waren sie eingeschlossen, und mit der Atemluft schwand ihnen wahrscheinlich auch die letzte Zuversicht. Nach zwei weiteren Tagen erfolgloser Suche begruben die Bergungsmannschaften alle Hoffnung. In den unermeßlichen Tiefen des Ozeans war das Projektil nur ein Atom.

Nur Maston wollte nichts von Aufgeben hören. Auch wenn er nur noch das Grab seiner Freunde entdecken würde, wollte er weitersuchen. Als der Kommandant den Befehl zum Aufbruch gab, geschah das gegen Mastons Willen. Aber die Susquehanna lichtete am 29. Dezember um 9 Uhr die Anker und nahm Kurs Nordost auf San Francisco.

Plötzlich, gegen 10 Uhr, rief ein Matrose vom Ausguck am Bramsegelmast:

»Vor uns querab eine Boje!«

Die Offiziere nahmen ihre Gläser und entdeckten einen schwimmenden Körper, der aussah wie eine der Bojen, die Fahrrinnen oder Untiefen anzeigen. Seltsamerweise flatterte an der Spitze dieser Boje, die silbrig glänzte, ein Wimpel.

Der Kommandant, Maston und die Delegierten des Kanonenclubs beobachteten den Körper, der auf der Dünung schaukelte, von der Brücke aus. Ein schrecklicher Verdacht stieg in ihnen hoch, aber keiner sprach ihn aus, jeder schaute schweigend über den Bug hinweg. Bis auf zwei Kabellängen war das Schiff herangekommen.

Plötzlich stand die ganze Mannschaft in Hab-acht-Stellung: da vorne flatterte das Banner der USA!

Zur gleichen Zeit bebte die Kommandobrücke unter dem Gebrüll Mastons und zitterte gleich noch einmal, als Maston der Länge nach hinstürzte. Ein fürchterlicher Schock streckte ihn nieder. Er hatte sich mit seiner Eisenhakenhand vor den Guttaperchaschädel geschlagen.

Man hob ihn auf, massierte und frottierte ihn, bis er wieder die Augen aufschlug und keuchte:

»... die größten Idioten der westlichen Welt ...«

»Was ist denn los?«

»Ich werd' verrückt: die sitzen da drin und pokern!«

»Vollidioten . . .«

»Was haben Sie denn?«

»Superidioten. 9625 kg wiegt das Geschoß . . .«

»Na und?«

». . . kann aber 28 000 l Wasser verdrängen. Also muß es schwimmen!«

Er hatte recht. Die ganze Susquehanna steckte voller grandioser Empiriker, die aber alle an das einfachste physikalische Gesetz nicht gedacht hatten: das Projektil mußte wegen seines geringeren spezifischen Gewichts wieder an die Oberfläche steigen. Hier, vor ihrer Nase, schaukelte es gemächlich auf den Wellen.

James T. Maston und seine Freunde gingen sofort in die Boote. Die Mannschaft verfolgte sie mit ihren Blicken, und allen schlug der Puls rascher. Wenn Barbicane und seine beiden Freunde nicht gestorben waren, seit sie das Sternenbanner gesetzt hatten, mußten sie wohl noch leben.

Außer den kleinen Wellen, die gegen die Bootswände klatschten, war kein Laut zu hören. Bald war man schon so nah, daß man die Luke des Projektils sehen konnte; sie stand offen, in ihrem Rahmen steckten noch Glassplitter, die Scheibe mußte eingeschlagen worden sein.

Das erste Boot legte an, und noch bevor Maston das offene Fenster erreichte, hörte er Michel Ardans klare, helle Stimme:

»Full house, Barbicane!«

Barbicane, Nicholl und Ardan pokerten, und zwar bereits um die Wäsche.

20

Barbicanes Reisebericht war druckfertig und konnte unverzüglich in Satz gehen. Der »New York Herald« hatte ihm ein so hohes Honorar geboten, daß er dafür noch ein zweites Mal hätte zum Mond fahren können. Selbst vor seinen Freunden verheimlichte er die Summe. Die Veröffentlichung der *Reise zum Mond* ließ die Auflagenziffer der Zeitung auf 5 000 000 hochschnellen. Drei Tage später war ganz Amerika bis auf das letzte Detail über den Mondausflug informiert; alle bedauerten, daß der Bericht aus Gründen der Seriosität nicht mit Bildern erschien (ein Prinzip, das in neuerer Zeit immer weniger Gültigkeit zu haben scheint), hofften aber, die Helden des Abendlands in Person sehen zu können, wenn sie auf ihre Triumphreise gingen.

Der Kanonenclub beschloß, den Heimkehrern ein Bankett zu geben, und zwar im Rahmen eines Triumphzuges, an dem sich die ganze Nation, aus deren Geist das Unternehmen erwachsen war, beteiligen konnte.

In aller Eile wurden die Knotenpunkte der Staatsbahn mit Fertigschienen untereinander verbunden, man hißte auf allen Bahnstationen die gleichen Flaggen, brachte die gleichen Lorbeerkränze an und stellte Tische mit dem gleichen Standardgedeck auf. In der Bahnverwaltung wurde ein Stundenplan ausgearbeitet, nach dem die Bevölkerung zu vorher festgelegten Uhrzeiten im jeweiligen Ort am Bankett teilnehmen konnte.

Vier Tage lang, vom 4. bis 9. Januar, ruhte der kommerzielle Bahnverkehr, wie sonst nur an Sonntagen. Nur die schnellste Lokomotive mit einem von den berühmtesten Dekorateuren Amerikas eingerichteten Sonderwagen durfte damals die Strecke befahren. Nach langen Bitten und schriftlichem Gesuch ließ man den ehrwürdigen Maston auf der Lokomotive mitreisen, der Salonwagen aber war allein für Barbicane, Ardan und Nicholl reserviert.

Der Maschinist ließ pfeifen, gleichzeitig ruckte der Zug an, und die »Hip's«, »Hey's«, »Hi's« und »Wow's« dröhnten durch die Bahnhofshalle. Schon lag Baltimore hinter den Helden, nach wenigen Minuten hatte der Zug seine Spitzengeschwindigkeit von 320 km/h erreicht — aber was war das schon gegen die Reisegeschwindigkeit des Projektils?

Eine Stadt nach der anderen empfing den Besuch der Mondheimkehrer, an jedem Bahnhof drosselte der Lokführer die Fahrt, und die Herren winkten der schmatzenden Menge zu, die dann mit vollem Mund in Ovationen ausbrach. Im Osten der Vereinigten Staaten rasten sie nacheinander durch Pennsylvania, Connecticut, Massachusetts, Vermont, Maine und New-Brunswick, bogen dann nach Westen ab und durchfuhren New York, Ohio, Michigan und Wisconsin, passierten in südlicher Richtung Illinois, Missouri, Arkansas, Texas und Louisiana, danach Alabama und Florida, bis sie durch Georgia und die beiden Virginias den Norden erreichten. Nach einem letzten Zwischenstop in Washington kamen sie wieder in Baltimore an. Auf diese Weise waren viele Amerikaner zu einer kostenlosen Mahlzeit gekommen, und die Mondfahrer konnten glauben, ganz Amerika habe gleichzeitig ihnen zu Ehren getafelt.

Die Wissenschaft mußte freilich in diesen Tagen hinnehmen, daß eine Theorie nach der anderen unter den Beweisen der Mondfahrer zusammenfiel. Die Empirie schien ein für allemal den Sieg über Spekulationen und Hypothesen davongetragen zu haben. Ungelöst blieb aber die Frage, ob sich ein Verkehr größeren Stils zwischen Erde und Mond einrichten ließ. Würde man eines Tages nicht nur zum Mond, sondern auch zu den Planeten, und von da aus zu den Fixsternen reisen können? Wenn diese Frage so bald auch nicht gelöst werden konnte, so ließ sie sich zumindest in Amerika kommerziell auswerten.

Einige Zeit nach der Rückkehr vom Mond wurde eine Kommanditgesellschaft mit einem Stammkapital von 100 000 000 Dollar ins Handelsregister eingetragen: 100 000 Aktien mit einem Ausgabekurs von 1000 Dollar konnten gezeichnet werden. Diese Gesellschaft trug den Namen *Interplanetarisches Verkehrsbüro*, ihr Präsident war Barbicane, der Vizepräsident Nicholl, der Verwaltungssekretär James T. Maston und der Public-relations-Chef Michel Ardan.

Die Amerikaner nehmen zwar gern alle möglichen Risiken auf sich, aber nur ungern finanzielle. Für den Fall des Konkurses wurden Harry Trollope zum kommissarischen Schlichter und Francis Dyton zum Syndikus ernannt. Wo sich die Gesellschaft gegen Mißerfolge versicherte, hat Barbicane niemals verraten.

Siebzehn Tage und Nächte dümpelten Barbicane, Ardan und Nicholl in ihrem Mondgeschoß auf der Dünung des Pazifik und hatten nur ein kleines Problem. Doch auch da wußte man sich zu helfen...

Nicht ahnend, daß es nur mehr ein Zufall sein würde, bis sie nach 17 Tagen von der Mannschaft der Susquehanna entdeckt würden, verbrachten die drei Mondfahrer ihre Zeit nach dem – im wahrsten Sinne des Wortes – Wiederauftauchen auf der Erdoberfläche damit, das wüst in Unordnung geratene Innere ihres Projektils zu sortieren und alles wieder an seinen Platz zu bringen.

Das dauerte eine Zeit, während der Barbicane und auch Ardan ein leichter Schmerz in der Blasengegend auffiel, den sie während der ganzen Reise vor lauter Neuem ignoriert hatten, der aber jetzt, nachdem die größte Anspannung vorüber war, sich deutlich meldete.

Sie hatten die Luke geöffnet, um die frische Brise des Pazifik genießen zu können, und pokerten. »Royal Flash«, sagte Ardan, doch große Freude überkam ihn nicht. Die Schmerzen bohrten unmißverständlich. »Was ist los?« fragte Barbicane, dem die ernste Miene seines Gegenüber aufgefallen war, »zurück auf der Erde, ein gutes Spiel, frische Luft und Sonnenschein, und das stimmt Dich nicht heiter?«

»Die Heiterkeit verschwand mit einem bestimmten Schmerz, der auf eine gewisse nicht eingenommene Medizin zurückzuführen ist«, erwiderte Ardan, »unser bewährtes Mittel der ersten Wahl zur kalkulierten Blindtherapie aller Harnwegsinfektionen könnte nicht schaden«.

Ardan suchte nur kurz in der Bordapotheke und verteilte schon nach wenigen Minuten das rasch schmerzlindernde und sehr wirksame Chemotherapeutikum Urospasmon® mit der zuverlässigen spasmolytischen Komponente und der guten Verträglichkeit, das vor allem ideal für die Standard- und Langzeittherapie geeignet ist.

Auch Barbican war von dem Problem betroffen, und so lag bald statt der Karten das Thema unspezifische Harnwegsinfektionen auf dem Tisch. Barbicane dozierte, wie immer, was die Wissenschaft darüber beizusteuern hat. »Es ist schlimm genug, daß diese Harnwegsinfektionen unspezifisch auftreten, aber auch wenn die Entzündung im Vordergrund steht:

Urospasmon® sine, für die kalkulierte Blindtherapie ohne Parallelresistenzen und ohne Erregerlücken, ist einfach das Mittel der ersten Wahl.

Gerade weil bakterielle Harnwegsinfektionen so viele verschiedene Ursachen haben können, ist es wichtig, ein antibakteriell wirksames Chemotherapeutikum einzusetzen, das nach der kalkulierten Blindtherapie eine weiterführende Behandlung mit keimspezifischen Reserveantibiotika nicht beeinflußt. Das bedeutet: auch nach dieser Gabe von Urospasmon® sine steht uns weiterhin unser gesamtes antibiotisches Arsenal uneingeschränkt, ohne Wirkungsverlust, zur Verfügung«.

Ab und zu schaute man wieder durch das gleißende Sonnenlicht über die Weite des pazifischen Ozeans (man wähnte sich in der Nähe der karibischen Inseln, aber durch die nächtliche Wasserung hatte man natürlich jegliche Orientierung verloren), und Ardan fragte in das leise Glucksen rund um ihre schwimmende, künstliche Insel: »Meinst Du, Urospasmon® gibt keiner Harnwegsinfektion eine Chance? Weder verursacht durch E. coli, Citrobacter, Klebsiella, Enterobacter, Hafnia, Serratia, Proteus vulgaris, Proteus mirabilis, Morganella, Rettgerella, Providencia, Pseudomonas aeruginosa, Streptococcus faecalis, Staphyloccocus aureus...«

»Genau«, sagte Barbicane, »keiner. Denn in der Praxis sind neben akuten Affektionen verschiedene chronisch verlaufende Harnwegsinfektionen von Bedeutung. In beiden Fällen ist die Erregeridentifizierung und die Erregerempfindlichkeit oft nicht sofort durchführbar. Deshalb empfiehlt sich eine, wie ich schon sagte, kalkulierte Blindtherapie, und da greift Urospasmon® sine wirklich – ohne Erregerlücken sowohl im gramnegativen als auch im grampositiven Bereich. Urospasmon® sine ist daher bei allen vorbehandelten und unvorbehandelten Patienten einsetzbar. Schmerzen? – Ade!«

»Na, für's Erste auch ade Mond, ade Ozean und ade schwimmendes Mondprojektil«, meinte Ardan und schaute an Barbicane vorbei zum Horizont, von wo langsam und stetig die Rauchfahne eines Dampfschiffes auf sie zusteuerte. »Endlich wieder zu Hause!« Und nachdem Urospasmon® seine schnelle Wirksamkeit entfaltet hatte, griff man auf eine letzte Runde zu den Karten.